漫长的决定

S'ADAPTER

[法国] 克拉拉·杜旁-莫诺————著　　刘成富　石琳————译

译林出版社

若是他们闭口不说，这些石头必要呼叫起来。

——《路加福音》（19:40）

"正常"是什么意思？

我妈妈是正常的，我弟弟是正常的。

我一点也不想像他们那样。

——《勾腰的女孩》

目录

哥哥
L'aîné

有一天，一户山里的人家生了个不能适应的孩子。这种损人的话很不入耳，因为这里要描绘的是一个身体瘫软、眼大无光的孩子。用"搞砸了的"来形容很不妥，用"未完工的"来比喻也不是那么恰当，因为这些词会让人想起一个不能再使用的、可以砸碎的物品。"不能适应的"这个词可以表示那个孩子活在身体功能（手用来抓东西、腿用来走路）的范畴之外，处在其他人的生活边缘，不能完全介入，但能参与其中，就像一幅画作边角的阴影部分，既显得突兀但又是画家的意愿。

一开始，这家人并不觉得有什么异常，甚至还觉得那个孩子很漂亮。母亲招呼着来自本村和附近小镇的客人们。他们用力地关上车门，伸着懒腰，踉踉跄跄地走了过来。因为要到这个山村来，就不得不经过蜿蜒的山路，胃里难免翻腾。有些人来自附近的一座山，而"附近"这个词在这里并不能说明什么。因为从一个地方到另一个地方，就必须要上山下山，一路颠簸。走进村落的院子，首先映入眼帘的是一片静静的、带着绿色浪花的波浪。起风的时候，树儿摇晃起来，宛如海上掀起的波涛巨浪，这个院子似乎成了一座能够抵御一切风浪的小岛。

在院子的入口处，有一扇厚重的长方形木门。门上镶嵌着一颗颗黑色的大圆钉。内行的客人说，这是一扇中世纪的木门，是数百年前祖辈们前来定居时建造的。他们先造了两栋房子，后来又陆续建了风障、面包炉、伐木棚和磨坊，散落在河岸的两边。经历了漫长的旅程之后，狭窄的山路变成了一座小桥和一栋沿河的小屋，他们顿时发出了由衷的感叹。在第一座房子的背后，矗立着另一座，那个孩子就是在那儿出生的。妈妈推开木门的两扇门扉迎接来访的客人，给他们端上栗子酒，并让他们在院子的绿荫下慢慢地品尝。个个轻声细语，生怕惊扰到手推车里那个乖巧的孩子。他安静地闻着橙花香，表情十分专注。他的脸颊圆润白皙，头发呈深褐色，眼睛乌黑乌黑的。山里土生土长的孩子就是这样。周围的山就像一位慈爱的产婆，静静地注视着他。山的脚浸泡在河流里，山的腰被微风吹拂着，山微笑着接纳了那个孩子。在大山里，新生儿的眼睛总是深邃的，老人的躯干是干瘪的，一切都显得那么井然有序，合乎常理。

三个月之后，那家人发现那个孩子很少有动静。他大部分时间都是安安静静的，偶尔也会哭闹、微笑、皱皱眉头。喝了奶之后，他会叹口气，听到门的响声也会吓一跳。除此之外，他几乎就再也没有其他反应了。不像其他的婴儿那样手脚乱舞乱蹬，他表现得过于安静——这孩子缺乏活力，父母心里这么想着，但是并没有说出口。他对家人们的面孔、悬挂的玩具，或是咚咚响的拨浪鼓毫无兴趣。那双无神的眼睛甚至不能够聚焦，好像在追踪一只看不见的昆虫，转来转去，之后转到眼角，盯着空气看。他似乎看不见离家很近的那座桥，看不见两栋高高耸立的房子，也看不见家里的院子，以及院子里饱经岁月的红色石墙。这道墙已经在那里矗立了千百年，一次又一次毁于暴风雨或战乱，又一次一次被重建起来。可是，他看不见眼前的这一切，更别说远处植被参差的高山、山脊上数不清的树木，以及山间湍急的河流。他的眼睛对风景和人一掠而过，从来不会停留。

那一天，孩子躺在婴儿车里。妈妈蹲在他的身边，手里拿着橘子在他的眼前轻轻晃动，试图吸引他的注意。可是，那双乌黑的大眼睛毫无察觉地瞥向了另一边。为什么会这样？她不敢往下想，只能焦急地、反复地晃动着橘子，一次又一次，最后，她终于印证了内心深处的猜测。她的孩子眼睛看不见，有可能是个瞎子。

这个时候，没有人能想象这位母亲的内心深处经历了怎样的波澜。我们是院子里的红色石头，也是这个故事的讲述者。我们关注那个家庭的孩子，接下来要讲述的就是发生在他们身上的故事。我们被镶嵌在围墙上，能够环视他们的生活，日复一日，年复一年。在绝大多数的故事中，孩子总是被人有意无意地遗忘，家人们对他们的呵护就像圈养幼弱的羔羊。但是，就是这些孩子拿我们当玩具，为我们起名字，给我们上色、涂鸦，在我们的身上画上眼睛、嘴巴和草绿色的头发，将我们垒成小房子，用我们来打水漂，把我们排成球门或是火车的轨道。成年人只是墨守成规地使用我们，而孩子们改变了我们的使命。所以，我们心怀感恩地挂念着孩子们，并把这个故事献给他们——毕竟，每个成年人都曾经是孩子。接下来我们要记录的，就是被爸爸喊到院子里的两个大孩子的故事。

听见塑料椅摩擦地面的声音时，我们看到了兄妹俩。他们都长着一头深褐色的头发和一双乌黑的大眼睛。九岁的哥哥站得笔直，昂首挺胸。跟山里的所有孩子一样，他是个攀爬的好手，对大山中的每一处陡坡、每一株会划伤人的金雀花树了如指掌。他那双瘦削强韧的腿上布满了青肿的斑块和伤疤。出于直觉，身为兄长的他下意识地用手护着妹妹的肩膀。他生性骄傲，但是，他的骄傲源于一种崇高而浪漫的信念。这使他视坚忍这一品质高于一切，也使得他从平日的自命不凡中脱颖而出。他性格坚强，时时护着自己的妹妹，对堂兄弟们也一视同仁，而且要求同伴们要勇敢且坦诚。若是有人畏首畏尾，或流露出他默许之外的软弱，就会永远被他瞧不起。这就是他的为人，没有人能说得清楚，只能将他坚忍的个性与大山的烙印联系在一起。我们已多次证明，出生地总是赋予人们相似的品行。

那天晚上，哥哥呆若木鸡地站着。尽管下巴微微战栗，但是，他仍然表现出了骑士般的勇气。他强忍着悲伤，没有怨天尤人。爸爸语气平静地告诉他们，弟弟可能双目失明，两个月内要去医院复查。紧接着，爸爸就开起了玩笑，说这没准是天大的运气，以后他们俩能在学校打盲文扑克了。

起初，兄妹俩或多或少感到有些不安。但是，这些不安的情绪很快就被一战成名的念头打消了。爸爸轻描淡写的态度，为这突如其来的变故附上了些许魅力。哥哥顺理成章地想：弟弟双目失明，那又能怎么样呢？他们马上就能在课间休息时带头玩游戏了！在学校里，他俨然是个一呼百应的孩子王。他为人自信洒脱，气宇轩昂，谨慎的言行更是充满了吸引力。为了当上游戏的领头羊，整个晚上他都在与妹妹据理力争，爸爸也乐于在其中充当裁判。此时此刻，没有人意识到那悄然浮现的裂痕。在不久的将来，父母才明白这是他们人生中最后一段无忧无虑的时光。无忧无虑，多么令人奢望啊！只有在时过境迁，在眼前的一切彻底成为回忆之后，他们才敢回过头来这么想。

很快，父母发现他们最小的孩子确实没有一点活力。他始终像个新生儿一样抬不起头，需要别人托着他的脖子。他整天躺着，手脚一点力气也没有。当父母叫他的时候，他不会伸手，也不会回应，完全没有沟通的迹象。哥哥姐姐徒劳地挥舞着铃铛和颜色鲜艳的玩具，他什么都不抓，眼珠子慢慢地溜到了别处。

"一个睁着眼睛、昏迷不醒的家伙。"哥哥对妹妹说出了他的结论。

"那叫死人。"年仅七岁的妹妹立刻反驳道。

儿科医生表示很不乐观，建议父母找一位权威的专科医生给孩子做个脑部扫描。他们不得不再一次预约，然后去了城里的一家医院。因此，我们失去了他们的踪迹。在城里，没有人需要我们这样的石头。但我们可以想象，他们如何匆匆忙忙地停车，如何仓皇地走进自动门，如何小心翼翼地在门后的长地毯上刮干净鞋子，如何焦急地站在大厅里等候，站在灰色的塑胶地板上探头探脑，寻找他们等待的那位医生。医生终于来了，招呼他们进入诊室，接着请他们坐下。他手里拿着X光片，用一种柔和的声线宣布着一个无可挽回的判决。他们的孩子会慢慢长大，但他的眼睛不会看见任何东西，双腿不能走动，嘴巴不能说话，四肢不受控制，因为他的大脑根本无法传达"正常发育所必要的信息"。他会哭，也会表达他的不舒服，但仅此而已。他将永远活在婴儿的状态中。或许，这样的表达还不够准确，医生像在安慰他们，轻声地说，这样的孩子通常活不过三岁。

这是父母最后一次回顾他们的人生。从今往后，他们憧憬过的、在此之前经历过的一切都令他们痛苦不堪，曾经的无忧无虑令他们更加思念不已。他们站在已经消逝的过去与令人恐惧的未来之间，无论朝哪一边看都会加剧他们的痛苦。

他们不得不拾起所剩无几的勇气，他们的生命渐渐枯竭了。在他们的内心深处，一道微光熄灭了。坐在河畔的桥上，他们双手交握着，孤零零地依偎在一起。夜晚山间的声响像一件密实的斗篷裹住了他们的身体，像是要给他们一些温暖，或是任由他们就此消失。他们心中充满了恐惧，只能一遍又一遍地问自己："为什么是我们？""为什么是我们可怜的孩子？""我们该怎么办？"此时此刻，没有人回答。他们听到的只有哗哗的瀑布、簌簌的微风和振动翅膀的蜻蜓，他们看到的只有无法说话的群山。这里的山壁是易碎的页岩，经不起敲打，偶尔还发生崩塌。这些石头比不上高山里坚硬的花岗岩和玄武石，也不如卢瓦河边多孔的石灰华。但是，除了这里的页岩，还有谁能呈现出这微妙的赭石色？还有谁能拥有这层层叠叠的纹理呢？摆在他们眼前的，是担当还是放弃的抉择。撑下去，就意味着接受忙乱的生活。这一刻，坐在小桥的栏杆上，他们决定要接受生活的挑战。

到了这个时候，两个大孩子依然懵懵懂懂。他们不明白忧伤究竟是什么，可他们已经感受到了些许慌乱。这股突如其来的力量将他们推向了与世隔绝的境地，让他们在敏感的青春期遭遇了冲撞，没有人能对他们伸出援手。天真的童年已经破碎，他们不得不独自面对残缺的窝。但是，此时此刻，他们仍然怀着务实的心，这颗心就是他们的救命稻草。你看，就算遭遇了悲剧，他们还是关心家中几点开饭，在什么地方能钓到螯虾。那时，刚入夏，那个孩子已经六个月大了。但是，哥哥姐姐看到了生活的另一面。他们郑重其事地想："已经六月份了，马上就到兄弟姐妹团聚的夏天了！"所以，哪怕他们知道别人家的小宝宝能看见、能伸手、能抬头，老天爷似乎只对他们家的无动于衷，他们没有自怨自艾，也没有把这种遭遇当作是命运的不公。

这种故作乐观的态度一直持续到冬天。在此之前，兄妹俩度过了一个幸福的夏天。与亲戚们相处时，他们竭尽所能地避开关于那个孩子的话题，对父母疲惫不堪的脸无动于衷，对父母把孩子从婴儿车抱到沙发、从沙发再抱到院子里的忙碌身影视而不见。他们开始忙着秋季返校，忙着安排上课的日程表，忙着和同学热络寒暄。他们正有条不紊地组织着属于自己的生活。

接下来的圣诞节如约而至。对于山里的人家来说，这是个重要的节日。到了这一天，关车门的声音再一次响起。在寂静的山谷里，这个村子又成了热闹的中心。亲戚们手上拎着满满的食物走进院子里，他们脚下的板岩渐渐结出了一层薄薄的冰。大家互相拥抱，热情的问候和兴高采烈的惊叹在漆黑的夜幕中哈出了一团团白色的花朵。孩子们早就把五颜六色的小灯泡串成了亮闪闪的灯饰，挂在我们身上为客人指路，再把烛台放在我们脚边充当地灯。他们穿上厚厚的衣服，拿起手电筒，出发去山里摆放小蜡烛，好让圣诞老人从半空中就能看见着陆的地方。壁炉里的火烧得正旺，年纪小的孩子或许会天真地觉得这火永远不会熄灭。十多个亲戚挤在厨房里，有的人在炖野猪肉，有的人在煮砂锅，还有的人在烘洋葱挞。个子娇小的外婆穿着优雅的缎面裙，有条不紊地对着大家发号施令。在挂得满满当当的圣诞树前，亲戚们取出了长笛，搬出了大提琴，像刮嗓子一样演奏起来。大家聚在一起唱圣歌。但其实呢，大多数人早就丢失了虔诚的信仰，可他们多少还记得该怎么唱。大人们会及早向年幼的孩子解释，说我们与信天主教的人势不两立（长辈们仍然刻意称他们为"教皇的拥护者"），在我们的世界里，地狱是不存在的，向上帝祷告也不需要通过那些神甫，我们只需要坚守自己的信仰。上了年纪的姑姑们继续唠唠叨叨地说，一个忠实的基督徒必须信守承诺、谨言慎行。她们慈爱地看着孩子们，叮嘱他们一定要遵守"正直、坚忍、克制"的原则。孩子们漫不经心地听着，有的人干脆跑开玩去了。滑稽的音乐和温馨的香味弥漫在屋子里的每一个角落，蒸腾到屋顶那道巨大的横梁上，甚至穿透墙壁飘到了院子里。这样的平安夜传统已经延续了多年，唯一的变化或许在于，在没有暖气的从前，人们不得不挤在壁炉边，在天寒地冻的时候，甚至会把羊群放进屋里，把手埋进它们毛茸茸的肚子下面。

那个孩子躺在壁炉边的婴儿车里，是这片喧嚣中唯一安静不动的点。他像只小动物一样殷切地嗅着食物的香味，偶尔露出一丝微笑。有时候，某种特别的声响（像是走了调的大提琴的合奏声、砂锅被端上橡木桌时的撞击声、大人们聊天时低沉的说话声、周围偶尔传来的狗叫声）会令他的手指微微地抽搐起来。他的脖子毫无力气，脑袋总是歪向一边，脸颊靠着婴儿车底部的布垫。他的眼珠子嵌在一圈同样颜色的长睫毛中间，缓慢而严肃地转动着。他看起来似乎正专心致志地盯着某个方向，但其实什么也看不见，他的注意力也许已经游到了很远的地方。虽然一直瘫着，但他长个儿了，还长出了厚厚的头发。他的成长，自然伴随着父母的逐渐沧桑。

在这个圣诞夜，我们看到了数不清的变化。比如，哥哥终于开始靠近他的弟弟。为什么偏偏是这个时候呢？我们不得而知。或许，是因为弟弟的残疾已经一目了然，他无法继续装作若无其事。或许，是因为他经历了成长的挫折，他崇高的理想在某一个地方、某一个时刻遭遇了冷酷现实的打击，他发觉那个瘫软的孩子有着无可取代的优点，能够成为他安安静静的伙伴，永远对他忠诚，永远不会令他失望。或许，是因为他意识到了父母正独自应对命运的不公，骨子里的骑士精神敦促他必须保护弱者，必须承担起身为哥哥的责任。无论如何，擦拭弟弟嘴角的是他，帮弟弟挪动好位置的是他，轻抚弟弟脑袋的是他，赶跑婴儿车边那只狗的是他，不许周围喧闹的还是他。为此，他不参加堂兄弟们的游戏，甚至连自己的妹妹都不搭理。对于他突如其来的冷淡，大家百思而不得其解。在此之前，他们所认识的哥哥是个相貌英俊、脾气暴躁的男孩。虽然沉默寡言，但他偶尔也会调侃几句，在同龄人里更是一呼百应。若不是他，还有谁敢追踪野猪呢？还有谁能教大家射箭呢？还有谁会带队偷采木瓜呢？还有谁会毫不犹豫地踏进暴风雨后泥泞不堪的洪水里呢？还有谁敢走伸手不见五指的漆黑夜路呢？还有谁在面对成群的蝙蝠来袭时，不像其他孩子那样尖叫着四处逃窜，而是冷静地压低风帽，不让它们揪住自己厚厚的头发呢？是哥哥，他的态度孤独而庄重，他的内心冷静而坚定，他不动声色的模样让周围人想到了传说中威严的贵族。

这一次，他没有对周围的同伴说一个字。兄弟姐妹们在他身边围成一团，急得直跺脚，但又不敢打扰他。哥哥显得比平时更沉静了。他时时注意着壁炉里的火，以防婴儿车里的孩子太热。之前，他往弟弟的脑袋底下垫了个小枕头。这时，他坐在一旁安静地看书，一根手指轻轻地塞进弟弟的小拳头里。那个孩子的双手总是像婴儿一样握成小拳头，他似乎要永远滞留在婴儿的世界里了。看起来，这样的情景有些奇特：一个十来岁的正常男孩，专心致志地阅读。而边上的另一个，就算不说怪异，也已经有些特殊了：那是个一岁左右的孩子，他始终半张着嘴，但又不是为了跟人交流。他安静地躺着，一双乌黑的大眼睛四处溜溜转。兄弟俩长得就像一个模子里印出来的一样，可没有人能说得清，为何亲兄弟之间的相似会这么叫人惊讶不已。当哥哥抬起头时，露出了怔怔的眼神和厚厚的睫毛，而边上这个幼小的生命就像是他活生生的复制品。

　　经过了这个圣诞夜，我们终于发现有些事注定是无可挽回的，比如哥哥对弟弟深深的依恋。曾经，他的世界里有许多人。而现在，他的世界里只有弟弟。他们的房间紧挨着，弟弟就睡在离他几米不到的地方。每天早晨，哥哥总是第一个醒来。他走下床，脚下冰凉的地砖让他忍不住微微发颤。他推开门，迫不及待地走向那张嵌着白色涡形铁饰的小床。这张床，他和妹妹小的时候都曾睡过。在长了个子之后，他们俩分别要求换了更大的床。然而，那个孩子永远不会提出任何要求，他会一直睡在这张床上。哥哥推开窗，让温暖的晨光和清新的空气进到屋子里。之后，哥哥稳稳地扶着弟弟的后颈，将他从床上抱到尿布台上，为他换尿布、穿衣服，再小心翼翼地将他抱到楼下的厨房，耐心地给他喂妈妈在头一天晚上准备好的蔬菜泥。在这一系列动作之前，哥哥会俯下身，用自己的脸颊贴着弟弟苍白、圆润的脸颊，感受他柔嫩的肌肤。哥哥享受着温柔的触感，享受着弟弟的顺从。弟弟的脸颊似乎也在召唤着哥哥的爱抚。弟弟的气息一阵阵地呼出在哥哥的颈间，他们是如此地亲近。然而哥哥心知肚明，他们的眼睛甚至无法看着同一个方向。当他看着床边的流苏和临河的窗户时，他的弟弟或许凝视着某一个地方，再毫无预兆地瞥向别处。没有人能跟得上那个孩子变换视线的节奏，没有人知道那个孩子究竟想看什么。但是，这恰好满足了哥哥，就让他来当弟弟的眼睛。他向弟弟描绘屋子里的床和边上的窗，描绘窗外的湍流击出的白沫，描绘院子外高耸的大山，描绘院子里墨蓝色的板岩地、年代久远的木门和几经重建的围墙。当然，还有我们这些被阳光晒得发亮的石头、我们边上那些圆鼓鼓的花盆、盆两边长得像耳朵的手柄，还有盆里五颜六色的花儿。只有面对弟弟时，他才有用不完的耐心。在漫长的成长岁月里，冷淡的态度和主动的进攻是他压抑不安情绪的秘密武器。这份果决与坚定，令他的同伴打心眼里佩服，令他们心甘情愿地追随他的脚步。但若是有人能够看透他的内心，就会发现他太害怕受人摆布了，所以宁愿主动出击。当他面对课间喧嚣的操场，面对夜晚没有一丝光亮的林间小道，面对随时扑面袭来的成群蝙蝠时，他都为自己争取了主动权：他迅速地加入了同学间的打打闹闹，毫不畏缩地走在漆黑的夜路上，一头扎进拱顶布满蝙蝠的酒窖里，吓得那些倒挂的家伙四散而逃。

然而，在那个孩子面前，这一切全都不奏效了。他就躺在那儿，不会对任何人构成威胁，也无法为家人带来一丝希望。他明明活在这个世上，但却像是放弃了自己。面对着他，哥哥再也不主动进攻了。恰恰相反，哥哥受到了深深的感动。这感动源于一种遥远的启示，令人想到了宁静的山、亘古的石和潺潺的水，它们的存在自给自足，任何人都无法打扰。渐渐地，哥哥接受了命运的喜怒无常，不再反抗，也不再心有不甘。因为那个孩子已经来到了世上，就像山地上的褶皱一样自然。这时，哥哥想到了塞文山人的一句谚语。"与其等待救赎，宁可忍受痛苦"，他呢喃着，终于明白了，愤怒是没有用的。

哥哥爱极了那个孩子始终如一的善意和不加修饰的

天真，爱极了他与生俱来的宽容，因为他永远不会指责他人，他的灵魂永远不会知道什么是残忍。他的幸福很简单，只要饱饱地吃上一顿蔬菜泥，换上干净的尿布，穿上他的紫色睡衣，或是接受家人的爱抚，就已经足够了。从那个孩子身上，哥哥看到了一种纯粹，这种从未有过的体验令他大受震撼。在那个孩子身边，他再也不必鲁莽地对待生活了。因为生活就在那里，人们伸手可及，它既不会令人心生怯意，也不需要人们奋力争取。它就在那里，绝对不会悄然离开。

渐渐地，哥哥能够听懂弟弟的哭声了。有些时候，哭是因为肚子疼。还有些时候呢，是在说自己饿了，或是哪里不舒服。尽管是个半大的孩子，但哥哥已经提前学会了许多技能，比如给弟弟换尿布或是喂蔬菜泥。除此之外，哥哥还学会了整理购物清单，随时补缺补漏，添上一件新的紫色睡衣、一些给蔬菜泥调味的肉豆蔻或是纯净水。写好之后，他把清单交给负责采购的妈妈。妈妈心怀感激，但却没有说出口，而是沉默地执行着。

哥哥喜欢看着弟弟穿得暖暖和和的、闻到香味时安逸的模样。偶尔，弟弟会舒服得咯咯笑，笑声弥漫在空气中，就像一段古老的吟诵。每当他笑的时候，他的嘴角就会微微地咧开，长长的睫毛轻轻地扑闪。在弟弟的笑声中，哥哥仿佛听到了简单轻快的歌声，这歌声就像在对哥哥倾诉他的心满意足。

有时候，哥哥也会在弟弟耳边轻声哼唱。尽管他什么都看不见，什么都拿不了，一个字都说不出，但是他能听见声音。听觉是弟弟与这个世界沟通的神奇工具。此刻，哥哥正变换着音调，在弟弟耳边耐心地描绘周围"五彩斑斓"的绿色。哥哥说自己看到了巴旦杏绿，看到了鲜绿，看到了铜绿，看到了浅绿，看到了亮绿，还看到了哑光的绿和黄绿相间的颜色。哥哥试着用自己的声线为弟弟传递眼前的一切。有时，他会拿一些晒干的马鞭草，在弟弟耳边细细地摩挲，再轻轻地翻搅盆里的水，用汩汩的水声给沙沙的磨草声伴奏。偶尔，他还把我们从围墙上挖出来几块，再从几厘米的高度撒手，让弟弟听我们这些石头敲击地面的闷闷声响。有一次，他给弟弟讲山谷里那三株樱桃树的故事。故事发生在很久以前，一位老农为了从遥远的山谷把它们背回来，翻过了一座又一座山，沉重的樱桃树把他的背都压弯了。按理说，外来的樱桃树根本就适应不了这里的气候和土壤。但是，它们竟然奇迹般地活了下来，成了山谷里家喻户晓的传奇和山民们的骄傲。到了樱桃收获的季节，那位老农就将果子分给村民，让大家共同品尝大自然的馈赠。人们都说，在春季，樱桃树上绽放的白花能够带来好运，所以大家将它们送给病痛缠身的人。时光流逝，那位老农去世了，这三株樱桃树也随之死去。这场突如其来的枯竭有着显而易见的原因：树木会永远伴随着栽种者，无论何时，无论何地。没有人忍心触碰干枯的残枝，因为那不禁令人想起萧索的墓碑。然而，哥哥不厌其烦地向弟弟描述樱桃树上最不起眼的细节，没有漏掉任何一个细微的痕迹。面对其他人时，哥哥从不曾表现得如此健谈。在他绘声绘色的讲述中，世界仿佛变成了一个流光溢彩，还会发出声音的大泡泡。这世上的一切都被包裹在这个泡泡里，变成了物体的声响或是人的声线。每一张脸、每一种情绪、每一个故事都有着独一无二的声音。平日里，哥哥会向弟弟描述他们的家乡。在这片大山里，有长在岩石上的树，有横行山间的野猪，还有穿梭天空的猛禽。每当村民要新建一堵围墙、一个菜园子或是一道梯墙时，这片大山都会激烈地反抗，以它天然的坡度、特有的植被和野性难驯的动物，展现大自然强硬的意志，要求人类最虔诚的、谦卑的顺从。"这就是你的家乡，"哥哥对弟弟轻声说，"你要仔细聆听它的声音。"圣诞节的清晨，他把家人准备好的礼物带到弟弟身边，用手揉搓礼物的外包装，制造出声响，再向弟弟形容玩具的色彩和形状，尽管它永远也派不上用场。父母对此有些困惑，一开始还坚持在边上看着，但后来还是随他去了。看到此情此景，亲戚们仿佛感受到了一份无法割舍的善意。于是，他们开始大声地描绘家中的玩具、眼前的客厅、这一栋房子乃至这个庞大的家族。后来，他们甚至开始胡言乱语，逗得哥哥哑然失笑。

当全家人都睡着时，他悄悄地下了床。看起来，他还不如成年人高大，更像是个年少的孩子。他紧了紧肩上披着的衣服，轻轻地走近院子里的围墙。他用额头抵着我们，再将手贴在耳朵旁边的墙面上。这究竟是为了抚摸我们，还是为了接受这片天地的审判？他沉默着，在这冰冷的黑夜里一动不动，像是与我们融为了一体。我们感受着他的呼吸。

天空放晴时，阳光驱散了山间弥漫的雾气。我们看见哥哥朝房子后面走去。那里的地势逆着河流上升，延绵出了好几个小小的瀑布。哥哥慢慢地往坡上走，怀里紧紧抱着身量渐长的弟弟。他绵软的脑袋枕在哥哥怀里，随着哥哥的步伐而微微地晃动。哥哥腰上挎着一个鼓鼓的包，包里塞着一瓶水、一本书和一架相机。到了河岸边，他找了许久，终于找到了一处平稳的地方，那里的几块大石头刚好凑成了一片可以让人躺着的"小石滩"。哥哥扶着弟弟的后颈，将他抱到石头上，再帮他稍稍挪动位置，扶稳下巴，让他尽情地享受边上高大的冷杉茂密的绿荫。弟弟舒服地叹了一口气。哥哥捡起一片掉落的针叶，一边摩擦着，一边递到弟弟的鼻子边，让弟弟闻那若隐若现的柑橘香。这些冷杉可不是本地的植物，而是他们的外婆在很久以前种下的。哥哥想，它们应当是爱上了这片土地，才会在这儿扎根、生长。如今，这些枝繁叶茂的冷杉甚至有些喧宾夺主了，它们茁壮的枝干总是撞上电线杆，厚实的树顶把原本洒向地面的光线挡得一点都不剩。在哥哥看来，这些冷杉多少有些不同寻常，像在冥冥之中指引着他来到这里，指引着他将弟弟放在树下。

哥哥喜欢这个地方。坐在弟弟身边，他双手环抱着膝盖，安静地阅读。读完之后，他依然沉默着，没有像平时那样迫不及待地对弟弟描述周围的景色。此时此刻，整个世界毫无保留地呈现在他们面前。他听见一群蜻蜓飞过耳边，扇出了一阵阵呼呼的声音。他看见桤木的枝干伸进了水里，周围淤积了一团团黏腻的污泥。河岸边的树像是筑起了两道高墙。若是哥哥能够大胆地想象，没准会觉得自己正和弟弟坐在一个天然的会客室里，石滩便是他们的地板，冷杉为他们充当屋顶。他拿出了相机，就着周围的景致给弟弟拍了几张照。边上的河水安静而清澈，一眼就能望见躺在河底的那层鹅卵石。在阳光与河水的双重包裹之下，鹅卵石闪烁着金色的光泽。再远一些，平静的水面开始起伏，缓缓地落到一片水潭里，翻滚出了一簇簇白色的水花。之后，河面越来越窄，收成了湍急的瀑布，咆哮着往下奔去。哥哥聆听着河流或急或缓的声音。在他们周围，环绕着布满青苔的赭石色山石，伸展着张牙舞爪的拳曲的树枝，点缀着四处散落的彩色花朵。

妹妹经常来河边找他。她明明只比他小两岁，看起来却像是差了一辈。他看着她在冰凉的河水里缓缓往前蹚，看着她收紧小腹，张开手指，小心翼翼地保持着平衡。偶尔，她会俯身蹲在水里，凝神屏息地守着不时飞掠而过的水蜘蛛。要是被她抓住一只，她就高兴得大声欢呼。她喜欢在河里玩耍，有时走走停停，有时又跳来跳去，有时还捡一堆小石头，用来垒一座小小的城堡或是筑一道长长的堤坝。她是个古灵精怪的小姑娘，拥有令哥哥望尘莫及的想象力，竟然能将一根木棍说成是一把传世的宝剑，把一个橡实壳当作是一顶珍奇的头盔！

编故事可是她的拿手好戏。那时,她声线低沉,全情投入地沉浸在奇幻世界里。她有一头和哥哥、弟弟同样颜色的长发。在阳光的照耀下,她实在是热得不耐烦了,便大大咧咧地将头发一把撩到耳后。哥哥喜欢看着她玩闹,看着她展露出鲜活的生命力。他恍然发现,妹妹已经不需要戴防护用的充气臂了。但愿她涂了防晒霜,那样她就不会被晒伤了。突然,他想起夏天时冷杉树上藏着一个马蜂窝。他马上起身,绕着树干仔仔细细地检查了一遍,确认没有后才松了一口气。他始终陪伴着他心爱的人和物,他的妹妹和弟弟,还有我们这些被当作床或是玩具的石头。他满心挂念,但却心满意足。

渐渐地,那个孩子也能认出哥哥的声音了。他学会了微笑,学会了吵闹,也学会了哭泣,他已经能够像婴儿一样表达自己。可他的身体不停地长,早已不再是新生儿的模样。他始终躺着,无法咀嚼食物,所以他的上颚慢慢凹陷了。这使他的脸变得越来越圆,使他的眼睛看起来更大了。哥哥不厌其烦地追踪那对曼舞的眼眸,想要记住它们游荡的轨迹。他从不去想那些正常的孩子，从不去考虑这个年龄的孩子应该长成什么模样，他从不拿弟弟和别的孩子做比较。或许是因为，他下意识地想要保护弟弟。但更重要的是，他感受到了一种饱满的、完整的幸福。这幸福是如此独特，足以让世间的所有标准都变得不值一提。

而那个孩子呢？他的幸福更是简单极了。只要将他抱到沙发上，给他的脑袋垫上一个小枕头，就足以让他开心，让他放松地聆听世界。在与弟弟相处的日子里，哥哥学会了体验悠闲、宁静的时光。他试图摆脱自己的躯壳，与弟弟融为一体，以那纯粹的方式来感受世界。于是乎，哥哥听到了远远传来的摩挲声，闻到了沁人心脾的香气，看到了小巧玲珑的杨树叶，想起了满载着忧虑或是欢乐的醇厚时光。这是充满意义的语言，是微不足道者的声音，是缄默无言的学问，是离开他就在哪儿也学不到的东西。只有与众不同的孩子，才会拥有与众不同的才能。这个孱弱的孩子，明明一辈子都学不会什么，但却让人获得了生命的感悟。

家人买来了一只小鸟，放在屋子里，让孩子听鸟儿叽叽喳喳的歌声。慢慢地，他们养成了一种习惯，比如一直开着收音机，在家里大声地说话，或是打开窗让山间的各种声音传到屋里，这一切都是为了让那个孩子随时感受到陪伴。于是乎，从东方欲晓到月朗星稀的一整天里，屋子里总是回荡着哗哗的瀑布声，时而传来咩咩的羊叫声和羊脖子上清脆的铃铛声，时而响起汪汪的狗叫声，树上啾啾的鸟叫声，远处闷闷的雷声和午后悠长的蝉声。放学的时候，哥哥一秒都不愿耽搁，总是径直冲上校车。他脑子里的思绪和学校没有一丁点儿关系。他总是不停地想，弟弟洗澡时有没有软皂？清洗眼睛时有没有生理盐水？家里还有没有做蔬菜泥用的胡萝卜？他的紫色睡衣是不是已经晒干了？哥哥从不去同伴家玩，对同龄的姑娘毫无兴趣，连热门的流行音乐都不听。可是，他无时无刻不在努力，全心全意地当一个称职的哥哥。

　　孩子四岁了。他的身体一直在长，家人把他抱起来时更吃力了。因为不能动弹，他分外怕冷。家人给他穿了尽可能厚的、宽松的睡衣，这令他看起来像是偷穿了大人的衣服。除此之外，还要时不时帮他挪动一下身体，否则他细嫩的肌肤就会长出密密麻麻的红疹子。尽管如此，长时间的仰卧还是让他的髋关节脱位了。这没有使他感到疼痛，但却让他的腿变得像罗圈一样弯曲，腿上的肌肤就像他的脸颊一样苍白，看起来几乎是透明的。哥哥经常用甜杏仁油来给弟弟按摩，他早就习惯用触觉为那个孩子驱赶痛苦。在按摩之后，哥哥会将那对小拳头温柔地舒展开，再把某个物体轻轻地放在他的手心里。为了让他触摸不同的质地，哥哥四处搜寻，从学校里带回了细毡，从山里带回了冬青的嫩枝。平日里，哥哥时常用一把薄荷叶摩挲他的手腕内侧，用一些榛果滚压他的手指，一边做动作，一边不停地对他说话。遇到下雨天，哥哥就打开窗，再把他抱到窗边，牵着他的手伸出窗外，让他感受雨水的轻柔触碰。有时，哥哥会向他嘴里轻轻地吹气。这时，会发生些奇迹般的事情，弟弟的嘴角泛起了一抹灿烂的笑容，嘴里发出了一连串欣喜的笑声。这稚嫩的笑声是如此甜美，在一片静寂之中越来越响亮，越来越放得开了。对哥哥来说，这就像音乐一样动听。他不会像父母那样，每天夜里压抑又狂热地幻想，如果他们的孩子能说话，那他的声音会是什么样？他的个性会是什么样？是欢快的还是沉闷的？是安静的还是吵闹的？如果他的眼睛能看见东西，那他的眼神又会是什么样？对哥哥来说，弟弟是什么样，他就接受什么样。他对弟弟的爱是不带任何条件的。

　　四月里，在复活节假期的一个午后，趁父母要出门购物时，哥哥说想带弟弟去逛逛公园。那是一片位于村口的绿地，里面到处都是旋转门和秋千，一个人推着婴儿车肯定是不太方便的。父母忧心忡忡，可他们还是点了头，承诺会尽快回来，然后急匆匆地向食品超市去了。在此之前，哥哥把弟弟从汽车后排的特殊座椅里抱了出来，他的动作已经娴熟得无可挑剔了：先用一只手托住弟弟的臀，再用另一只手护着他的后颈，之后稳稳地将他抱到怀里。弟弟轻柔的呼吸落在哥哥的颈间，他的重量已经让哥哥有些吃力了。若是从远处看，人们没准会以为，这个大男孩怀里正抱着一个昏迷不醒的孩子。

　　哥哥抱着弟弟穿过马路，走进了栅栏门，再将弟弟轻轻地放在一处柔软的草地上。之后，哥哥舒展着肢体，躺在了弟弟身边。他开始为弟弟轻声描绘周围草木萌动的美景。此时此刻，沙坑里孩子兴奋的嬉闹声，旋转门不时发出的咯吱声，远处集市偶尔传来的叫卖声，这些声音仿佛织出了一团会发声的棉絮，将他们严严实实地裹了起来。每说完一句，哥哥就亲吻一下弟弟的手腕。与此同时，他还得时刻留意着周围飞来飞去的小虫子，生怕它们跑进弟弟的嘴里。因为上颚凹陷，弟弟必须半张着嘴才能顺畅地呼吸。突然，一道阴影遮住了哥哥的脸，他听见一个陌生的声音。

　　"孩子，抱歉打搅你。可你这样……让我有些难过。你为什么要守着这只小猴子呢？你是为了挣钱吗？"

　　前来搭话的是一位家庭主妇，她应当是出于好心——当然了，好心也会造成灾难性的后果。哥哥用手臂支起身，抬头看了看她的脸，确定这位女士不是本村人。看起来，她并没有什么恶意。

"太太，这是我弟弟。"他波澜不惊地回应。

这位女士顿时尴尬得不知所措，她不自然地咳嗽了几声，转身就去喊她的孩子。此时，哥哥既不觉得难过，也不觉得愤怒。他并不打算恶言相向，而是强迫着自己往好处想，这位太太不过是一时糊涂，她走就是了。我的弟弟有权享受公园的美景。

然而，又过了一会儿，周围不断地有人打量草地上的孩子和身边的小推车，这些好奇的视线让哥哥不由自主地感到了耻辱。而这份耻辱，证明他背叛了弟弟。"他们"是这世上的正常人，以那咄咄逼人的姿态画出了一条无形的界线，将兄弟俩排斥在孤零零的角落。"他们"可能是家中恃宠而骄的孩童，整天吵吵闹闹、精力旺盛，从来没有见过瘫软的身体和凹陷的嘴巴，更不知道什么是特殊座椅，上下车时总是轻轻松松的，也不需要被人抱着。"他们"可能是班级里对考试成绩斤斤计较的同学，要是不小心考砸了，就会难过得像天塌了一样。"他们"还可能是周围这些面露微笑的陌生人，无论那笑容是出于善意还是怜悯，哥哥都忍无可忍，宁愿看见毫不掩饰的厌恶。"他们"制造了成百上千个微妙的情景，一次又一次地将哥哥推向了无尽的孤独。但就在这时，他看到了眼前的大山，像一个藐视伦理的庞然大物，不加区分地善待所有人，成了所有人的"避难所"。而"避难所"这个词最初的意思不就是"逃脱"吗？对于那些逃离尘世的人而言，大山能够包容他们的退却，能够让所有人都得到容身之所。然而，哥哥心知肚明，不向"他们"妥协是不可能的，因为"他们"才是这滚滚红尘中的绝大多数，他怎么可能完全中断与"他们"的联系？每当哥哥渴望"正常"的时候，他就会主动靠近"他们"。只要一场生日聚会、一次射箭比赛、一顿聚餐或是一趟购物之行，就能使他排解与世隔绝的孤独，就能使他想起对他人的依赖，就能使他找回在集体中的归属感，就能使他忧郁的心跳恢复如初。当他在超市排队时，在食堂打菜时，或是参加欢快的派对时，他都能表现得像个正常人。虽然他的购物车里总是装满了尿布、婴儿罐头和甜杏仁油，但他可以假装家里有个刚出生的孩子。当他在朋友家中做客时，若是有人问起"你有几个兄弟姐妹?",他可以回答"两个"。但若是有人继续问"他们上几年级了?",他就开始语焉不详,顾左右而言他。他学会了狡诈,可他为这份狡诈感到羞耻。他多么希望开诚布公地说"有一个弟弟和一个妹妹,弟弟是个残疾人",多么希望朋友们听完就自然而然地聊起别的话题。但这一切都没有发生,这一切不过是他一厢情愿的幻想,所以他产生了负罪感。"他们"太可怕了,似乎拥有无中生有的魔力,竟然能凭空制造出陷阱,引诱他去犯错。就像这辆乐声雷动的彩色小卡车,每当入夏时分,就会开到山谷里叫卖栗子炸糕。孩子们闻风而动,催促着家里的大人带上零钱出门。刚买到手,他们就狼吞虎咽地吃上了,之后不停地央求大人再买一些。当那熟悉的音乐声在村子里响起时,哥哥正站在河边公路下方的果园里,忙着用一块厚厚的白布兜住刚摘来的小苹果。这些可怜的果子布满了虫蛀和鸟啄的痕迹,人根本就咽不下去。但这没有关系,他用推车把弟弟带到果园里,是想让弟弟用手心触摸凹凸斑驳的果皮。哥哥喜欢这个阴凉的地方。这儿离河上的那座桥很近,种满了围着铁栏杆的树。可这里的地势比公路低，轻易看不见来来往往的车。一听到发动机的声音，哥哥就倏地抬起头。他就这样眼睁睁地看着小卡车驶过，后面紧紧跟着一群欢呼雀跃的熟面孔。他该怎么办？继续愣头愣脑地捡果子，就这么错过炸糕了？他简直无法想象！要么，把这个瘫软的孩子抱在怀里，偷偷跟上去，再偷偷溜回来？那是不可能的。于是乎，他没再多想，一把抛开了怀里的苹果，随手把布丢到了一旁。顺着果园边上的斜坡，他爬上了公路，跑过了桥，头也不回地奔向了卡车。

他加入了这群兴奋的同龄人，顺便帮妹妹拆开了炸糕的纸包。他像其他人一样欢喜、快活，但他不敢回头往果园看一眼。他嘴里嚼着炸糕，尝到了一股包装纸的味道。

当卡车继续往前，开上了窄窄的山路时，他便从人群里悄然溜走，朝着来时的方向狂奔而去。在通往果园的碎石坡上，他差点滑了一跤。他先是看到了被风吹动的绿荫，然后看到了果园里的草，之后才看到了那辆推车。他看见那块厚厚的白布盖在推车上，看见弟弟的褐色头发散落在白布边，两只小小的拳头伸了出来，那些被抛弃的苹果静静地待在一旁。弟弟无声地躺着，专注地感受着这块突然盖在脸上的东西。他的头像往常一样靠在边上，所以他还能呼吸。哥哥跪到他身旁，说不出话，像是哽住了。他丢开白布，轻轻地抬起弟弟的头，用自己的脸颊贴着弟弟，一遍又一遍地对弟弟说"对不起"。弟弟没有发出声音，他一直眨着眼睛，感受着脸上温热的液体与嘴里咸咸的味道。他或许有些困惑了。

在遭遇那位主妇的唐突之前，哥哥还不曾见识过他人的恶毒、愚蠢和武断。卖炸糕的小卡车当然可以路过，可他却必须波澜不惊。因为他的使命是像大山一样守护家人，所以他的人生充满了忧虑。时不时，他就会轻触弟弟的手，确认他的体温是正常的。平日里，他总是为妹妹裹紧围巾，从不允许她靠近马路上成群结队的塞文白羊[1]。曾经，她把一只受伤的睡鼠带回了家，他当下就命令她丢进河里。他全身心地保护着弟弟和妹妹，可这样

---

1 原文为rayole，奥克语称raïol，是塞文山区特有的一种羊。

的诚惶诚恐导致他一生都没能养育自己的孩子。如果听到一点动静就胆战心惊，如果每时每刻都在担心厄运降临，人怎么可能心平气和地对待身边的人？他想，这就是我要付出的代价啊。他将这份使命融入了生命，就像山石上难以磨灭的赭石色印记。当人们在磨坊边砍伐一棵高大的雪松时，全村的大人都领着家中的孩子去观赏这壮观的一幕。但是，谁也找不到这兄妹俩。原来，哥哥担心散落的树枝会划伤妹妹，干脆把她带到了山里。那一整个早晨，他们都趴在湿润的山地上，四处搜寻竖着团团尖刺的野芦笋。事后，他被父母狠狠地惩罚了一顿，可他一点儿也不在乎。砍伐雪松是很危险的事，他必须把妹妹拉开，没有任何商量的余地——因为命运轻易就能摧毁所有幸福，因为快乐的童年会因此而天翻地覆，因为人的躯体会变得毫无反应，因为父母会感到万分痛苦。在一堂课上，当老师问起心仪的职业时，他毫不犹豫地回答："哥哥。"

他的妹妹是个充满活力的漂亮姑娘，看起来总是一副无忧无虑的模样。有时，她会给弟弟胡乱打扮，把他当作是活生生的玩具娃娃。哥哥不喜欢这样。每当他撞见时，总是皱着眉头摘下那些乱七八糟的花边帽和蕾丝，但却并不责怪她。因为妹妹的淘气让他感受到了一股令人欣慰的活力，将他从死气沉沉的颓废之中拯救了出来，令他见识到了从未有过的欢快。妹妹似乎对家中的状况一无所知，仍然直率地问东问西，任性地耍着小女孩脾气，肆意地发挥她的想象力。她始终像个孩子一样天真、快乐，哥哥对此羡慕不已。直到有一天，邻居家的小女孩来找她玩时，对着哥哥扬了扬下巴，问她还有没有其他兄弟，哥哥听见她语气平淡地说："没有了。"

终于，白天看管孩子的托育所通知父母，他们无法再继续了。这个机构离家不远，就在城市的入口，通常接收一些家境贫寒、处于幼儿园等待期或是过渡期的幼儿，偶尔也收留一些轻微残疾的儿童，可他们对这个状况百出的孩子实在是束手无策。机构里没有专门的设施，工作人员更没有受过专业的培训。一段时间以来，他时不时就全身颤抖，眼睛不停地眨，两只小拳头胡乱挥舞。医生说他是癫痫发作了，他不会感到痛苦，只要几滴氯硝西泮就能止住。但这场面足以吓坏托育所里的护理师。更何况，那个孩子不止一次在吃饭时噎着，那剧烈的咳嗽令她们大惊失色。所以，她们不敢想象，若是不幸染上了流感，这具脆弱的身躯将会如何。托育所建议父母给他找个"专门的地方"，可到底有没有这样的机构或是看护所呢？他们沮丧地问。可想而知，答案是"很少"。他们的家乡需要的是强健有力的身体和井然有序的组织，根本没有给秩序之外的人留下位置。普通学校将他们拒之门外，公共交通没有便利设施，就连人行道都可能危机四伏。这片土地没有意识到，对这世上的一些人而言，一节浅浅的台阶、一块突出的边缘，甚至一个小小的洞都可能危如悬崖、高墙或是深渊。"所以，一个专门的地方，照顾有缺陷的孩子"……透过敞开的房门，我们隐约听见了父母压低声音的对话，也猜到了对话中藏匿的疑虑，可我们爱莫能助。这些年来，像这样孤立无援的时刻，我们已经数不清了。因为要去城里跑没完没了的手续，所以他们养成了起早贪黑的习惯。天没亮，他们就出了院门，走到坡上的小停车场，再弓身钻进车里。他们会随身带两个三明治和一瓶水，毕竟这样的行程总是得持续一整天。在政府部门、公共服务单位或是所谓专门负责家庭补助的机构中，工作人员对他们百般刁难，像是要把他们的脑袋按进水里。整个过程充斥着僵硬、冰冷的对话，没有一丝温情。父母瞠目结舌地听着，被迫记下了那些令人晕头转向的机构名称：省级残障协会、医疗教育康复中心、医疗教育学院、运动技能培训中心、残障人士权利与自治委员会，诸如此类，数都数不过来。经办人要么吹毛求疵，要么爱搭不理，一切都靠运气。晚上回家后，父母低声交谈，商量着接下来该怎么办。他们不得不屈服于扭曲的规则，走进一间间晦暗的办公室，等待一位阴晴不定的评审员来决定，他们到底能不能申请某项补贴、某笔援助、某种身份或是某个"位置"。为此，他们必须证明，那个孩子的出生给他们造成了巨大的负担；同时，他们还要开具林林总总的医学证明，将它们装在一个比钱包还要金贵的袋子里，斩钉截铁地声明他们的孩子确实是不正常的。令人啼笑皆非的是，他们还要撰写一份今后的"生活计划"，可他们的生活早就已经千疮百孔了。在这个漫长的、痛苦的过程之中，他们遇到了许多同样心力交瘁的父母，要么因为补助迟迟不到而陷入困境，要么面对材料不能跨地区流转而焦头烂额，要么发现换了地址就得全部重办而目瞪口呆。他们发现了一项荒谬的规定：每三年就要重新证明孩子仍然是残疾的。那时，他们听见一位母亲疯狂地咆哮："您认为这样的腿三年内能长回去吗？"他们也曾目睹一对夫妻的崩溃。因为从外观上看，孩子残疾得不够严重，达不到享受补助的标准，但显然不能正常上学了。为了照顾孩子，那位妈妈被迫辞去了工作。他们还见识了巨大的"边缘地带"，那里住满了无人看护、没有亲朋、命不久矣的人。他们知道了精神疾病，这种无形的残疾会给家庭带来无尽的困难。曾经，他们在一家仅在晨间开放的社会医疗中心排队时，听见一位父亲咬牙切齿地说："你们是不是非要看见我女儿的身体也和脑子一样坏掉了，才能行行好，动一动？"不知多少次，哥哥看着父母披星戴月地赶路，但是悻悻然地空手而回。他们没完没了地填表格、交材料，筋疲力尽地排队等候，东奔西走地开具证明，莫名其妙地被通知延期，为了一个预约的日期或是错误的数据与人面红耳赤地争执。哥哥沉默地看着，悲哀地心想，我的父母低声下气、苦苦哀求，简直像是在乞讨。所以，他对傲慢的官僚机构和僵化的行政体系恨之入骨。成年之后，他从不与行政机构打交道，从不靠近任何窗口，从不办理任何手续，从不填写任何表格。甚至连证件，他都不愿更换，宁可支付罚款。这一生，他都没有办过签证，没有踏入公证处或是法院，也没有买房子或是车子。无人知晓他的心魔，只有妹妹看在眼里。每年，她都提醒他交所得税、互助险，替他订阅或是取消电话套餐。唯一的例外是更换身份证，因为那必须由他亲自去。妹妹帮他预约了日期，提交了材料，然后陪着他去到现场，全程不敢对他说一句话。因为，她看见哥哥僵硬地坐着，脸上不停地冒冷汗，似乎下一秒就要夺门而逃。

在尝尽了悲伤之后，父母不得不另做打算。他们打听了一些位置更远、护理更专业、费用也更高的机构，甚至想把他们的孩子送到国外，送到不会将这样的孩子视作负担的地方。然而，他们很快就放弃了这个念头。要把孩子放在距离他们千里之外的地方，哪怕只是想想，他们就要崩溃了。夜幕降临，他们一起坐在院子里。妈妈拭了拭眼泪，抽出了一根烟。爸爸递给她一杯马鞭草茶，拦住了她手上的动作。他叹了口气，起身去拿一瓶酒。

　　他们终于打听到了一家建在牧场上的疗养院，可是位置稍有些偏，离他们足有数百公里远。那是一个L形的建筑，里面住着的全都是不正常的孩子，由一群嬷嬷照顾。可嬷嬷们住在哪儿呢？她们晚上会回家去吗？她们是当地人吗？她们知道孩子很怕冷，可穿羊毛织的衣服就会身体发痒吗？她们知道他喜欢吃胡萝卜泥，喜欢抚摸青草和树叶吗？她们知道突然的关门声会吓他一跳吗？她们应付得了他的癫痫、被食物噎住或是越来越频繁的霰粒肿吗？这些问题盘绕在哥哥心里，却从来不曾得到回应。他恨恨地挑剔着眼前平坦的草地和温暖的气候，鄙夷地看着疗养院外的围墙。他心想，这围墙也未免太荒谬了，我的弟弟难道还能拔腿就跑吗？他自顾自地想着，车开进了一道蓝色大门。车轮碾过地上的碎砾石，发出了刺耳的摩擦声。他看见一栋低矮的房子，屋顶盖着瓦片，墙面是白色的。转瞬之间，哥哥就开始想念家乡的沙色外墙了。那是页岩和石灰混合而成的材质，有着独一无二的色彩。但在此刻，那墙却令他痛苦不堪。他仿佛看见自己倏地转身，从座椅里一把抱起弟弟，头也不回地冲出了牧场。他沉浸在激烈的思绪中，沉浸在对抗现实的幻想里，连戴着白色修女帽的嬷嬷的连声问候，都不曾回应一句。

他执拗地不肯下车，拒绝参观疗养院，也拒绝和弟弟道别。他闭上了双眼，像弟弟那样专注地聆听周围的声音。他先是听到了后备箱被打开的响声，接着听到了行李被拿出来的声音（里面是否装着弟弟心爱的紫色睡衣？是否捎上了河里的一块石头、山间的一截树枝，好让弟弟记得他的家乡？），然后是一阵脚踩砾石路的沙沙声，大门被推开的吱扭声，再之后是一片沉默，偶尔传来令他感到陌生的鸟叫声。过了一会儿，脚步声再次靠近，车门嘭的一声关上了，他听见了汽车发动的轰隆声。他把那双黑色的大眼睛留在了这片牧场，回到了他阔别已久的人生。

亲戚们争相打来电话，语气戏谑地嘲笑他们，竟然要和"教皇的拥护者们"打交道，实在是太不走运了。言谈间，爸爸也轻松地调侃戴白帽的嬷嬷们。那个孩子终于有了去处，所有人都在心底悄悄地松了一口气。所有人，除了哥哥。

从那时起，忧郁便浸透了他的心。他刻意避开了还留着痕迹的软垫，再也不去绿荫遮蔽的河岸边，再也不写购物清单了。他改掉了早起的习惯，放学时也不再急着回家，反正已经没有人等着他换尿布、喂蔬菜泥了。

他剪短了头发，戴上了眼镜，像所有内心满载着回忆的人一样，全力以赴地适应新的生活。他进入了高中，身边总是围绕着许多人。这些人曾以世俗的目光将他的弟弟排斥在外，可他必须融入他们，证明自己并不是孤僻的。然而，他始终无法敞开心扉，更无法体会眷恋的美好。在学校里，他呼朋引伴，吃午餐时三五成群，时常收到派对的邀请。他竭尽所能地避免独处，可他的内心仍旧充满了孤独。他所做的一切，不过是些可悲的掩饰和无奈的算计。每天清晨，当他醒来时，脸颊边总是布满了冰凉的眼泪。当他听见窗边传来的潺潺水声时，就会再一次意识到，不远处的那张小床上已经空无一物了。所以，他的心变得越来越冷，变得越来越硬，像是结成了一团沉重的铁石。这颗心在下一秒无声地爆炸了，裂出了成千上万块尖锐的碎片，将他接下来的每一寸时光都割得支离破碎。这时，他下意识地用手抚摸胸膛，一次又一次地感到意外，那里竟然没有血肉模糊的创伤。他喘得越来越厉害，只好双脚赤裸地踏在地砖上，上半身蜷缩成一团。过了一会儿，他终于鼓起勇气站了起来，目不斜视地经过了弟弟的房间，再迅速地走进浴室。里面空荡荡的，只有一瓶甜杏仁油还摆放在洗手台上，但却再也没有人用得上了。

无论哥哥走到哪儿，怅然若失的感觉总是如影随形。

他想念弟弟苍白、细腻的肌肤，想念彼此脸颊传递的温度，想念弟弟身上的气味与头发的纹理，想念那双游移不定的眼睛。他想念将弟弟抱起来的熟练姿势，想念怀里搂着的温热身体，想念呼在脖颈处的柔和气息，想念弟弟身上的橙花香，想念他安静不动的模样。这些甜蜜的回忆啊，是这漫无边际的回忆支撑着他呼吸，令他苟延残喘地活下去。可与此同时，他还要时刻压抑心中的牵挂。一想到弟弟可能挨饿受冻，他就感到万分恐惧。或许是在他一丝不苟地写作业时，或许是在他沉默不语地坐校车时，或许是在他兴高采烈地和同伴一起摘无花果时，在他按部就班的生活中某一个具体的时刻，他的弟弟可能正经受着寒冷的侵袭。这两种时空的交叠已经令他忍无可忍，要是再想到弟弟可能受到粗心的对待，他简直要忍不住发疯了。当思绪蔓延得无边无际时，他就躲进果园里。就是在这个地方，他曾因为心急而将一块厚厚的布盖在了弟弟脸上。他看着散落一地的苹果，知道停留在故地或者沉湎于回忆是毫无意义的，可他无能为力。只有这样，他才能平复狂乱的内心，才能感受到弟弟的存在。

　　这天，父母带着兄妹俩去参加亲戚的婚礼。哥哥一点也不喜欢热闹的场合，他讨厌装模作样的打扮和循规蹈矩的套话。可是，为了让父母宽慰，他只能克制自己。出发前，妈妈耐心地为他整理仪容。爸爸一脸好奇地凑到边上看，于是他露出了难得一见的笑脸。到了现场，他们坐在草地上的餐桌边。在他们周围，群山沉默地衬托着宴会的欢腾。在这欢声笑语的时刻，他终于有了喘息的机会，终于能从痛苦中短暂地抽身。他发现妹妹不在身边，于是目光搜寻了许久，才在树边的健身器械旁看到了她。这个快活的小姑娘正和一群人打打闹闹，玩得不亦乐乎。此时，不远处传来了婚礼宣誓的声音，他听见证婚人用话筒深情款款地念道："相爱，不是互相凝视，而是看往同一个方向。"这句话似乎出自圣埃克苏佩里的某一部作品。证婚人念出这段话似乎是每一个婚礼必不可少的环节，可他非常反感。这急功近利的逻辑怎么可能属于恋人呢？如果将爱比作目的，那这个世界岂不是可笑至极？如果不能理解爱是深陷于另一双眼睛，即使这双眼睛根本是看不见的，那又将是多大的遗憾呢？环顾四周，大家都在认真地聆听宣誓，只有他倍感孤独。他情不自禁地想着，要是弟弟也在场，他就能让弟弟躺在身边的草地上，他就能凝望那双乌黑的大眼睛。此时，他忽然想起《特里斯坦与伊瑟》中的传奇爱情，想起在课上第一次阅读时内心的震撼。如果当时，这对恋人能够"看往同一个方向"，或许他们早就已经融为一体了。虽然，他热爱数学远胜过文学，但他对故事中的恋人总是怀着怜悯之心，对伴随爱意而来的离经叛道总是格外感同身受。

在高中时，敏锐的听觉令他倍感疲惫。虽然从不表现出来，可他讨厌同学间的尖叫嬉闹，讨厌校门口成群结队的挑衅叫嚣。周围的喧哗时常会令他生出落泪的冲动，他是如此怀念那些温柔的陪伴、宁静的氛围与轻慢的呼吸。他想，不适应的人其实是我啊。一想到此时此刻，那个孩子在他看不见的地方呼吸着，在离他很远的地方生活着，一股强烈的痛苦便油然而生。为了规避这痛苦，他干脆放弃了文学，从此专注于科学。因为科学像大山一样冷静，对人的悲喜与爱恨无动于衷。研究科学，不会勾起任何回忆，也不会挑起任何情绪。研究科学，可以掌控度量，可以发号施令，可以裁定对错，甚至可以预言下一刻是风暴还是宁静。就这样，哥哥沉浸在错综复杂的几何难题中，沉浸在没有文字的数学猜想中，沉浸在洋洋洒洒、潦草如天书的算术推导中。这些冷冰冰的演示和证明令他倍感安心。然而，每当放下书本，他都忍不住对照料着弟弟的嬷嬷们燃起一股妒恨，他只能再一次将自己淹没在数字之中。

直到许多年后，他才终于明白，这些女人和他一样，早已练就了不同寻常的沟通能力。她们无须借助文字或是手势，便能与人心有灵犀。他终于明白，她们早已领悟了这份独一无二的爱。这是世上最精致的爱，它神秘莫测、难以捕捉，就像动物的直觉一样敏锐，能够看出他人最微弱的求助，愿意给予无私的帮助与悉心的呵护。她们的爱不求回报，可她们一定能看出那个瘫着的孩子对当下的感激，一定能认出那像山石一样平静的微笑，那是对未来，对明天，甚至对下一秒都毫不在乎的笑容。

每当假日来临时，家人就开车上山，把他们的孩子接回家。哥哥看着汽车驶进那扇蓝色大门，听着砾石地面被摩擦得沙沙作响，可他说什么都不肯下车。嬷嬷们将孩子抱在怀里，缓缓地走下台阶。她们用手护着孩子的头，小心翼翼地将他抱进后排的特殊座椅。妈妈轻抚孩子的头发，向她们感激地道谢。哥哥目不斜视地盯着前方的车玻璃，他的心在肚子里、在手指里、在太阳穴里剧烈地跳动，他像是要被撕裂了一样。这时，他闻到弟弟身上传来了一股陌生的、更加甜腻的气味，不再是他熟悉的橙花香。他知道，他和弟弟之间产生了距离。但与此同时，他同样知道，自己随时会忍不住靠近弟弟的脖颈，贴上弟弟的脸颊，重温那久违了的温润触感。终于，在这绝望的挣扎中，哥哥伸手摘掉了眼镜。这样，哥哥就什么都看不清了。因为一旦看见他，那些没有他的日子，那些触不到他柔软的肌肤、看不见他单纯的笑容的日子，就会在一瞬间涌上心头。一旦看见他，就可以预见下一次更加痛苦的分离。一旦看见他，所有的努力都会化作泡影，就像眼睁睁地看着自己倏然倒地，缓缓地死去。

哥哥把眼镜收了起来。他咬紧牙关，逼着自己转向边上的车窗。在一片朦胧中，他看着窗外的景致像一个个绿色、白色和栗色的斑点，不停地向后飞逝。但就在一瞬间，他忽然退却了。他僵硬地转过头，迅速地瞥了一眼。他很庆幸，因为他什么都看不清，除了那双细瘦的小腿。那双小腿如今似乎变长了些，但弟弟脚上穿着什么呢？好像是一双毛线鞋。这鞋是哪儿来的？哥哥一边思索着，一边再次强迫自己望向窗外。他没有发现妹妹审视的眼神，而是专注地盯着车窗外飞驰而过的斑点，过了许久才用手揉了揉酸胀的眼睛。到了休息区时，妈妈给孩子换了尿布，然后一边喂他吃东西，一边在他耳边轻声哼唱。看着弟弟被家人安抚，哥哥终于感到安心了些，但就是不肯再看他一眼，仿佛害怕被汹涌的情绪吞没。

他们终于到家了。妹妹第一个跳下车，她已经不是个年幼的小姑娘了，但她的个性始终欢快而鲜活。她时刻留意着哥哥，心中得意极了，终于轮到她来盯着哥哥了！然后下车的是哥哥，可他两手空空，看起来一副无精打采的模样。在哥哥背后，妈妈抱着孩子小心翼翼地走下车。他又长大了，脑袋和臀之间的距离变得更宽了。所以，妈妈需要随时扶着他的背，防止他扭伤。妈妈将他轻轻地抱到院子里的软垫上，然后打开了家门。接下来，我们看着哥哥搬来了一把塑料椅，放在了离软垫最远的地方。刚一坐下，他就开始眯着眼打量垫子上的弟弟。他想要看见弟弟，但却执拗地不肯戴上眼镜，因为他没有勇气将弟弟看清。然而，这一路的痛苦与挣扎已经使他明白，他更没有勇气从此视而不见。所以此刻，他坚持这样遮遮掩掩地"看着"。

这份坚持延续了整个假期。为此，哥哥将写作业的地点搬到了院子里。每当做完一份数学练习时，他就趁着放松的机会，抬起头来看一眼。他用力地眯着眼，朦朦胧胧地猜测弟弟在做什么，直到整张脸开始不自然地抽搐。平日里，他不再喂弟弟吃东西，不再对他说话，甚至不再触碰他。可是，当妈妈给弟弟洗澡时，他就一直站在洗手台前，没完没了地洗手，好像那双手怎么也洗不干净。之后，他趁机微微侧身，用余光偷偷地瞄他们。当弟弟躺在沙发上时，他就坐到边上，慢吞吞地给土豆削皮。然而，他时不时就会停下来，整个人突然陷入一种紧绷的、僵硬的状态，就像在极力按捺自己，阻止自己再一次靠近。

　　他始终不肯戴上眼镜，宁愿看一个模模糊糊的轮廓，可他不由自主地竖起了敏锐的耳朵。他总是待在弟弟附近，听着弟弟细细的呼吸、小声的咳嗽、轻轻的吞咽、舒服的叹息和偶尔一阵微微的颤抖。深夜里，他时常惊醒，从狰狞的梦魇中挣扎着逃离。他一边抚着床单，一边平复紊乱的呼吸。之后，他总是忍不住要下床，光着脚踏上瓷砖，悄悄地把门推开一些，只为了看那张小床一眼。他不再靠近一步，静静地听着弟弟的呼吸。他能反悔吗？不能，那样的代价是他无法承受的。他就这么无声无息地站在门后，全身颤抖着，内心像是被撕裂了一般。他想，这多么荒谬啊，但生活不就如此吗？面对这早已注定的考验，除了努力适应，他别无选择。

夜里，他从床上起来，走到院子里的围墙边。他的额头与双手牢牢地贴着我们，他的身体绷得紧紧的，仿佛随时准备与命运抗争。

时光荏苒。在炎炎夏季中的某一天，几乎已是成年男子身量的哥哥背上了双肩包，准备到远一点的地方去找朋友。按计划，这一趟要走上好些天。他向父母简单地道别，然后动身穿过庭院。突然，我们看见他转过身。这动作猝不及防，可我们却一点也不惊讶。放眼世间，没有什么是永恒不变的。就算是我们这些石头，也会等来灰飞烟灭的那一天。对他来说，是时候与弟弟重逢了。但为什么偏偏是这个时候呢？是什么令他下定了决心？是即将启程的紧迫，还是延绵数月的分别？是深思熟虑的决定，还是筋疲力尽的妥协？无论如何，在还没走出那扇古老的木门之前，他的内心已然十分笃定。"袖手旁观"是不可能的，他已经尝试过了。他摘掉了眼镜，结交了新朋友，用各种各样的活动填满了自己的生活。他也已经争取过了。他逼着自己看一个模模糊糊的轮廓，克制自己在无眠的夜里不去靠近。然而结果化作这几个字：袖手旁观。这是不可能的。哥哥放下了背包，鼓起勇气爬上了楼梯。

他按捺着心跳，一步步朝那间凉风习习的屋子走去。他定了定呼吸，轻轻地推开门，走向那张小床。弟弟像往常一样躺着。他似乎又长大了，身上套着宽松的紫色睡衣，脚上裹着暖和的羊毛拖鞋。他的双手还是紧握着，嘴还是半张着，视线不知要停在哪里。此时此刻，他正侧耳聆听着窗外汩汩的水声与悠悠的蝉鸣。哥哥用手紧紧地撑着床沿，慢慢地俯下身。弟弟的脑袋朝向窗边，自然而然地露出了圆润、滑腻的脸颊。哥哥像只在外游荡多时、终于能够归巢的鸟儿，将自己的脸贴了上去。这一刻，他欣慰得几乎热泪盈眶。那些深埋心底的话，全都争先恐后地涌了出来。哥哥贴着弟弟的脸颊，像从前那样轻轻松松地对他说着话，对他倾诉自己可悲又可恨的狡黠，不敢戴上眼镜的懦弱，还有日日夜夜的思念。

哥哥的心，就像一颗等待采摘的果实，毫无保留地敞开着。然而，弟弟像往常一样细细地呼吸着，他的脸上没有笑容，他的眼睛甚至没有眨一下。他认不出哥哥的声音了。我已经多久没有对他说过话了？想到这儿，哥哥的脸色顿时变得煞白，他难以置信地直起身，踉踉跄跄地冲下楼，抓起背包，头也不回地跑出了家门。

哥哥坚持了四天。到了第五天的清晨，他走到一棵栗子树旁，准备拦顺风车。才不过几个小时，他就到家了。他用肩膀撞开了院门，像凯旋的战士一样迅速地穿过院子，在父母吃惊的注视下，径直走上了楼梯。哥哥坚信，在这四天里，什么都没有改变：那张小床，透着阳光的纱窗，还有窗外湍急的河流。他急迫地推开门，再一次俯身靠在床边，想要让凌乱的呼吸平静下来。他开始断断续续、磕磕巴巴地对弟弟说话，他再也压抑不住被遗忘的恐惧了。说着说着，他哽咽着哭了，就像几年前在果园里那样，泪水慢慢沾湿了弟弟的脸。他紧紧地握着弟弟的手指，一遍又一遍地乞求原谅。就在这时，那个孩子忽然扑闪着长长的睫毛，咧开了嘴角。空气中腾起了一串单纯的、欢快的笑声，周围的沉郁渐渐散去了。哥哥想，他终于为这个夏季找到了意义。

从那时起，哥哥便朝着重逢大步地迈去。之后的某一天，他带着一盆温水、一把剪刀和一把梳子来到院子里，跪在大垫子旁，用毛巾为弟弟洗头发。接下来，他先剪好一侧的头发，扶着弟弟的脸颊转向另一侧，再重复之前的动作。剪完之后，他耐心地清理碎发，动作温柔得像在爱抚一个新生的婴儿。这些他熟稔于心的动作终于原封不动地回来了。可他需要更多的时间才能适应分别，毕竟，夏天只有两个月。所以，当他们再一次到达疗养院时，哥哥还是没有下车，也无法若无其事地与弟弟道别。

接下来的返校比往年轻松了许多。他知道弟弟在别处安然无恙，也知道自己走在人生的正轨上。头一次，他无须在二者之间痛苦地抉择。他甚至能心平气和地想象，嬷嬷们是如何悉心地照顾弟弟。于是乎，他感到了前所未有的安心。在每一个分别的日子里，他都会想起弟弟纯净的笑声，这使他充满了活力。他终于放松了些，偶尔开开小差，听听流行的歌曲，看看热门的电影，加入热闹的闲聊。他当然不可能像那些泡在蜜罐里长大的同学一样无忧无虑，他怎么可能拥有那么洒脱自如的个性呢？他在脑海中随时备着应急的话题，就是为了在突然冷场时能接得上话，在遇到冒犯的问题时能搪塞一番，在因为一句感人的话、一种舒适的天气而心情柔软时，能体面地掩饰自己的情绪。他决不能轻易被触动，决不能随意被看穿，那样的代价实在是太沉重了。偶尔，他会主动放下心防，和同伴们一起大声嬉闹，懒散地挥霍时间，甚至有过一段随意的恋情，这就是他力所能及的让步了。一想到远方的弟弟，他就会情不自禁地露出微笑。尽管他们相距数百公里，但他随时随地都能感受弟弟的陪伴，有时在一条如水蛇般漾开的波纹上，有时在花香四溢的空气中，有时又在沙沙作响的风声里。想到这儿，他似乎听到了河边风吹树动的簌簌声响，重温了那段宁静安逸的时光。这世上的美景，全都因那个孩子而生。这种信念为哥哥披上了盔甲，生出了力量。想到下一次的重逢，他再也不会心烦意乱了。恰恰相反，一想到即将见面，他就感到如沐春风般的快乐，他迫不及待想要戴上眼镜，清清楚楚地看见弟弟了！这可真是种新奇而强烈的体验，原本艰难的分离竟然化作了勇气。哥哥默默地想，除了这个无法适应生活的孩子，还有谁能令人如此成长？孩子来到这个家，活在这世上，已经是个奇迹了。或许，哥哥错失了与人交心、坦诚相待或是呼朋引伴的年少时光，但他得到了一份珍贵无比的爱。他暗自下定决心，等到下次去接弟弟回家的时候，一定要走下车，或许还要与嬷嬷们聊两句。

当哥哥满怀希望地奔向重生时，疗养院传来了弟弟的死讯。嬷嬷们说，孩子走得很平静。而哥哥，最终也没能如预想的那样，下车与她们交谈。孩子那脆弱的身体实在是不堪重负，所以他没有挣扎，悄悄地停止了呼吸。此前，他患上了流感，他的咳嗽和癫痫发作得越来越频繁，吃饭时吞咽得越来越慢，每一餐都要花上很长时间。他竭尽所能地活着，慢慢耗光了所剩无几的能量。

这个清晨，他再也没能醒过来。

嬷嬷们一边说着，一边拭了拭眼泪。她们说，他正躺在走廊尽头的房间里，等待着他的家人。此时，廊间传来一些窸窸窣窣的声音，伴随着沉闷的脚步声与低低的啜泣声。哥哥毫无反应，他像个机器人一样僵硬地往前走。他的脑海中只有一个念头：这是第一次，他进入了弟弟离家之后的住所。他闻到了一股温热的蔬菜泥味，看到了屋子里半墙高的床和床边高高的护栏。他注意到床上没有垫子，也没有毛绒玩具。他想，这是个细致的措施，应该是为了避免动作不便的孩子趴着时喘不过气。他看到了床上嫩黄色的铺盖，看到了墙上小鸡、小鸭和小猫的贴画，可他没有看到年幼的孩子稚嫩的涂鸦。这是合情合理的，这里怎么会有拿得动画笔的孩子呢？他看到了朝向花园的窗户。嬷嬷们是否曾经打开窗，让弟弟听听花园里的声音？他想是有的。

在进入房间的那一刻，哥哥摘掉了眼镜，闭上了双眼。走着走着，他探到了一个坚硬的物体，那应该是棺木。他慢慢地俯下身，鼻子触到了一片冰冷、细腻的表面，是弟弟的脸颊。哥哥浅浅地睁开眼。他看见弟弟半透明的眼睑，上面布满了细小的青色血管。弟弟的睫毛在苍白的肌肤上落下了一片阴影。弟弟的嘴还是半张着，但却再也探不到一丝平静的呼吸了，可这是合理的。他的双膝微微弯曲着，这种特殊的体态恰好让他的双腿叉开，靠到了棺木的侧边。他的双臂整整齐齐地摆放在胸前，双手像往常一样紧握成拳。过了一会儿，哥哥嘶哑地开口问，能否带走弟弟的紫色睡衣，给他留作纪念。

他们回到了家。妈妈还穿着仓促出门时的那身睡衣，呜咽着靠在丈夫怀里，咬着他的肩膀不让自己哭出声。爸爸用尽全力搂着她。他们相拥着，慢慢地倒在了地上。妹妹将自己关在房间里，一动不动地站在窗前，盯着院外那座高高的山。不知过了多久，终于等到了清晨的第一缕微光。而我们的哥哥，没有任何动静。这么多年以来，他第一次没有在夜里醒来，走到院子里，贴着我们轻轻呼吸。

葬礼时，家里来了许多人，可那个孩子一个也不认识。这些人大多是为了父母而来，将这一方小院站得满满当当。之后，大家抬着孩子的棺木，沉默地走上山去。在这片大山里，一家人总是葬在一起，葬在一块小小的家族墓地里。墓地边上矗立着两根白色的石柱，周围绕着一圈冰冷的铁栅栏，上面的花纹不禁让人想起外婆家的露台，但哥哥想到的却是那张小床。亲戚们将布凳子展开，将大提琴摆在草地上，将长笛抽出来。低沉的旋律缓缓响起。

下葬的那一刻，大家默不作声地往后退去，只有哥哥还不知不觉地站在原地。扶棺的人小心翼翼地放下了绳索。哥哥看着棺木稳稳地嵌进山腹，他的身体里突然生出了一阵刺骨的寒意。他下意识地想，但愿弟弟不觉得冷。

他目不转睛地盯着那块地。在那里，弟弟被大山缓缓地吞没。终于意识到这是最后的道别了，他向弟弟无声地许诺："我的记忆里会永远带着你的痕迹。"

那位医生也来了。他曾宣判了孩子短暂的命运，之后又陪伴着孩子度过了八年。他站在父母身边，轻声对他们说，那个孩子体验了原本不可能的岁月，他的生命证明了医学并不是万能的。而后，他自言自语般地呢喃着，或许是因为这份不同寻常的爱。

从那以后，哥哥按部就班地成长，再也不曾与人维持关系。这些关系太危险了，就算是深爱的人，也可能会轻易离开。命运就这样造就了一个将幸福与不幸捆绑在一起的成年人。从此，他驱散了生活中所有的疑虑，无论好运还是厄运，他都漠不关心。如同所有受过创伤的心灵，他的心永久地停驻在弟弟死去的那一刻。于是乎，他身体中的某一处变得像石头一样冷硬。可这并不意味着他从此麻木不仁，我们在他身上看到了旷日持久的沉静。

在平静的生活中，他时刻保持着警惕。当他结束一场会议或是电影，打开手机时，就会感到一阵庆幸，因为他没有收到令人惊慌失措的消息。没有心碎的离别，也没有意外的灾祸，命运再也没有从他身边带走谁，他的家人一切安好。但是，如果约好的人平白无故地迟到了五分钟，或是公交车突然放慢了速度，又或是某个邻居好几天都没有露面，他就会控制不住地紧张起来。忧虑早已融入了他的生命，就像无花果树深深地扎根在大山里。或许有一天，这一切终将淡去，或许永远都不会了。

深夜时分，他忽然从床上坐起。他的后颈湿透了，眼前满是那个孩子的身影。在梦里，他看见弟弟身体不舒服，难受得放声大哭。他刚想上前安抚，蓦然想起弟弟早就不在人世了。此刻，脑海中栩栩如生的情景令他倍感讶异，仿佛这些年的岁月丝毫没有淡化往昔的伤痕。弟弟的死，永远像是发生在梦醒的前一刻。身边的人总是宽慰他，说时间会抚平一切。但在这些惊醒的夜里，他审视着自己，发觉时间并不是万能的。因为他从记忆中反复地挖掘痛苦，一遍又一遍地体验，一次比一次更强烈。因为那个孩子留给他的唯有悲伤，他根本无法摆脱，否则就意味着彻彻底底地失去。

他起身喝了点水，之后出神地望着窗外。城市的夜晚比山里安静多了，他用了许多时间才适应。在很长一段时间里，他都恐惧城里随处可见的、被绳子紧紧束住的狗，同样令他害怕的还有听不见蝉鸣和蟾蜍叫声的寂静夏夜。从早春三月起，他就不由自主地抬头搜寻春燕的痕迹。盛夏七月时，他开始期盼雨燕的歌声。在城市中，他寻寻觅觅，却怎么也闻不到羊粪的微臭、马鞭草的清香或是薄荷的凉爽味道，怎么也听不到清脆的羊铃铛、涓涓的水流、嘶嘶的虫鸣或是窸窣的风声。在这些徒劳的尝试中，他慢慢地适应了城市生活。此后，曾经整日在山间攀爬的他逐渐适应了平地，适应了不留足迹的路面，也不再害怕女士们尖细的鞋跟。然而，他的认知与城市毫无关联。他知道栗子树在海拔八百米以上无法生长，知道榛木是制作弓箭的木材里最柔软的，可这又有什么用呢？明明再也派不上用场了，但他早已熟稔于心。

面对夜色，他想着桤木伸进河里的柔韧枝干，想着飞过他和弟弟耳边的绿色蜻蜓。想着想着，他总是会拿起一个相框，里面嵌着他最爱的那张照片。借着窗前的月色，他目不转睛地盯着它。为了拍到弟弟的整张脸，他几乎躺在了石头上。那双黑色的瞳孔正要溜到边上，但从照片上看，弟弟似乎正看着他，厚厚的头发被微风吹拂，圆润的脸颊等待着爱抚。在弟弟周围，有高大的冷杉，有阳光下闪闪发亮的河水，还有妹妹浸在水里的小脚踝。那时，她正弯腰捡河里的小石头，想要垒出一道水坝。她的脸刚好对着相机，目光直直地盯着镜头。在照片的上方，有些树叶和枝干理直气壮地占着一角，远处的天空像一片蓝色的花边点缀着画面。一整夜，他都端详着这张照片。

天亮了，他动身出发去上班。

在学校里，他练就了敏捷的数学思维。毕业之后，他成了一家大企业的财务总监。对他而言，数字是最安全的，因为它们永远不会辜负信赖。每天早晨，他穿上一套暗色的西装，和其他沉闷的上班族一起搭乘公交车。他从不曾对他人产生好感，但却待人宽厚。在公司里，他也没有什么朋友。单纯的同事关系对他来说就够了，至少吃午餐时不会落单，周天偶尔也会收到邀请。他知道该说什么、做什么，好让自己看起来是正常的。这样的他，既不会令人好奇，也不怎么讨人喜欢，就像茫茫人海中一个面目模糊的普通人。但这恰恰是他所希望的，因为他期盼着，若是以一个匿名的身影遁入人群，命运就会将他遗忘、还他安宁。没有人会知道，他如此精通算术和图标，精通复杂的金融操作，或是挑不出毛病的收支平衡，是因为他曾被他人的武断深深中伤。没有人想象得到，在这位西装革履的精英心中，藏着一个眼神飘忽、模样怪异的孩子。

这一生，他都与婚姻无缘，也没有自己的孩子。他将这项任务留给了妹妹。后来，妹妹生了三个女儿。每到假期时，这群精力旺盛的孩子便会吵吵闹闹地占领整个院子。妹妹一直住在国外。在异乡的土地上，在相爱的丈夫与一群孩子的陪伴中，她终于拥有了正常的生活，终于弥补了从前的不幸，但哥哥却自愿地困在其中。或许，是因为妹妹从他身上看到了教训。这样也好。哥哥想，他有义务为妹妹探明前方的路，然后告诉她什么是不该做的。

作为院子的守护人，我们与从此住在外婆那栋房子里的父母一样，殷切地盼着他们回来。我们熟悉那扇木门被推开时的咯吱声，熟悉他们长途跋涉后放松的轻叹，熟悉被重新搬回院子里的沙发和桌椅。那时，我们便看着一家人在这里共进晚餐，欣赏这千百年来世代相传的血缘与亲情。我们知道，每当妹妹回来时，哥哥都会尽快赶到。他们的关系一直很亲近。妹妹始终关心哥哥，总是为他准备需要签字的材料，提醒他期限，敦促他申请补助或是提交更新。她总是催着哥哥多出门、多结交朋友。而哥哥，总是微笑着说自己一切都好。我们衷心地希望这是真的。无论走到哪儿，他都记得那个在坟墓前许下的承诺，他会永远带着弟弟的痕迹。在这个满载回忆的地方，他时常独自在河边坐着。我们看着这个已经成年的男人坐在冷杉树下，用手轻抚孩子躺过的那块石头，出神地望着空中的蜻蜓与河面上的水蜘蛛。我们知道，他的灵魂被苦难牢牢地缚住了。但与此同时，我们也感受到了他内心的平静。有时，他在院子里静静地站着，似乎正在聆听午后的静谧，可我们知道他正凝视着某个空无一物的地方。啊，曾经有两块巨大的垫子摆放在那儿，摆放在我们的阴影之中。当亲戚们在时，他非常乐意参与大家的话题。每当他们回忆起年少时光，他总是笑得很开心。堂兄弟们也有了自己的孩子，哥哥喜欢看着这些孩子延续快乐的童年。他为他们修理小三轮车，任他们吵吵闹闹，但却禁止他们靠近磨坊，给每一个下水玩的孩子都戴上了充气臂。忧虑是这份爱的底色，他永远都是我们心爱的哥哥。

夜里，待大家散去之后，他便开始清理院子。他仔细地冲洗地面，再给每一盆绣球花浇水。最后，他一定会做一件事：靠近我们，将他的额头和手贴在我们身上。他就这样靠着尚带白日余温的墙，闭上了双眼。有天晚上，五岁的外甥女撞见了这一幕，她好奇地问："你在做什么？"哥哥带着温柔的笑意，没有回头，他说："我在呼吸。"

妹妹
La cadette

从那个孩子出生的那一天起，她就讨厌他。要是说得更确切点，是从妈妈用橘子吸引他的注意力、下结论说他什么也看不见的那一刻起。她的房间朝向院子，她在窗边都能清清楚楚地看见橘子上显眼的斑点，看见妈妈蹲在一边，可那个孩子连近在眼前的橘子都看不见。一开始，妹妹听见妈妈温柔而欢快的哼唱，过了一会儿就再也没有动静了。那时，院子里回荡着鼓噪的蝉鸣，院外传来了湍急的水声与树木被风儿吹动的飒飒声响。然而，在这曲夏日的音乐声中，映入妹妹眼帘的只有低垂着脸、手中拿着橘子的母亲。

很久之后，她才明白那一刻意味着与过去的生活决裂，意味着无忧无虑的童年结束了。即使爸爸故作乐观，让他们去学校打盲文扑克牌，妹妹也没有被这番话蒙在鼓里。她看得一清二楚，当爸爸开玩笑的时候，他的笑容挂在嘴角上，可他的眼神黯淡无光，根本没有一丝笑意。说话时，他甚至不看着他们，而是盯着远处的某个地方。但是，她的哥哥头也不回地踏进了这个巨大的谎言，一心一意要在学校里独占鳌头，要当第一个展示盲文扑克牌的人。为此，哥哥三番两次向她保证，一定陪她痛快地玩上几局。最终，她还是点了头。

现在，一切都落入了那个孩子的圈套。

他耗尽了家人的精力。她的父母全力以赴，她的哥哥努力配合。轮到她时，已经剩不下什么了，他们再也没有力气照顾她了。

他越是长大，就越是令她厌恶，但她从来都不说出口。他只能躺着，他的免疫系统非常脆弱，能轻易击垮他的疾病就有成百上千种。家人要为他擤鼻涕，用小滴管给他服药、滴眼药水，在他咳嗽时扶起他的脑袋，三餐给他喂蔬菜泥。他吞咽得很吃力，给他喂饭需要非比寻常的耐心，因为要花上整整一个小时。在这一小时的时间里，家人要不时给他喂点水，时时担心他呛着。他的皮肤实在是太细嫩了，只要稍微粗糙些的布料、碱性稍强的水和肥皂、略微热的阳光就会使他过敏。他只能适应清新的、温热的、柔软的物件，只能适应专属于新生儿或是年长者的东西。可他既不是前者，也不是后者，他像是被老天爷落在了半道上，出生之后就再也长不大了。他不但嘴巴不会说话，眼睛也看不见东西，手脚更是不能动弹。所以，他毫无抵抗之力，仿佛每时每刻都会受伤。家人惶惶不安，恨不能将所有精力都花在他的身上，这让妹妹简直忍无可忍。她讨厌他的眼睑上不时发作的霰粒肿，那一片密密麻麻的肿块看起来像被胡蜂蜇了一样。她更讨厌他涂抹的药膏，尤其是那种黏腻的"利福霉素"，简直像给眼皮子抹了一层黄油！每当哥哥用食指为他轻轻地抹药，再温柔地按摩眼睑时，她总是转身就走。

她讨厌那个孩子空洞的大眼睛，看着叫人毛骨悚然。她还讨厌他嘴里闷闷的味道，闻起来奇臭无比。她更讨厌那双瘦骨嶙峋的膝盖，看上去就像是畸形的！她听说，人要是一直躺着，髋关节就会像脱臼了一样用不上劲儿。那个孩子的脚还从来没着过地，长大以后没准会像跳芭蕾舞的脚那样弯曲。她有些不屑地在心里咕哝，既不能站着，也不能走路，这脚留着还有什么用呢？

　　为了让他的腿脚暖和，家人买了许多裹满羊毛的皮拖鞋。每当看见那些黑色的小鞋子摆在地上时，她总是不由自主地想，那蜷缩成一团的究竟是不是鼩鼱的尸体？

　　她害怕撞见他洗澡，她简直无法直视那副赤裸的瘫软身躯：他瘦得可怜，小小的胸膛孱弱苍白，细细的肋骨一根根凸起，绵软的脑袋毫无力气地歪向一边，时不时就得喝上几口洗澡水。哥哥一边为他清洗，一边轻声哼唱，还时不时为自己的动作点评两句。妹妹看着哥哥一只手紧紧地扶着那孩子的后颈，另一只手轻轻地揉过他身上的每一个角落，再捧着温水一下下地冲洗干净。

她故意躲得远远的，但却忍不住打量哥哥靠在浴缸上的侧脸。结果令她大为震惊，因为她看到了如出一辙的轮廓：同样饱满的额头，同样狭长的眼睛，同样尖细的鼻子，同样漂亮的嘴唇与微翘的下巴，同样厚厚的头发。在这间浴室里，呈现在她眼前的是完美的原型与失败的复制品，是一场触目惊心的灾难。

可是，她无法同情。面对那个孩子，她体会不到一丝温柔的情绪。在她眼中，这就是个苍白的人偶，是个永远也长不大的婴儿，是个随时索求家人照顾的累赘。

因为那个孩子，她已经彻底放弃了邀请朋友回家的念头。家里住着这样的怪物，她怎么敢让人知道？这股羞耻感阴魂不散地跟着她。曾经，她在电视上看到一则广告，说要"拒绝平凡"。一瞬间，她就被这句话刺痛了。平凡的人生，那是她梦寐以求的啊！谁能知道，她是多么渴望生在一个平平无奇的家庭，有一对父母和两三个兄弟，住着一栋山里的房子。谁能知道，她是多么渴望吵闹而温馨的早晨，陪伴左右的哥哥，满载音乐的客厅和每周五晚上的同学聚会。但这一切只能暗无天日地躲在她的幻想之中。她只能偷偷羡慕那些没有负担的普通家庭，羡慕那些幸运而不自知的普通人。

　　这天，妹妹正准备出门。那个孩子在我们附近的大垫子上躺着，不知神游何处。那是个秋高气爽的日子，是九月里一个普普通通的周三。然而我们知道，在这样的周三下午，大孩子们本该呼朋引伴，在院子里一起做作业，在我们的注视下一起吃点心，再吵吵闹闹地一起玩游戏，也许会像恶作剧一样将他们名字的首字母刻在我们身上，这可是山里所有孩子都擅长的把戏。但对妹妹来说，这一天意味着孤独，所以她不愿意闷闷地待在家里。我们看着她面无表情地绕过垫子，走向木门。突然，我们看见她转过身，面色不善地朝那个孩子走去，对着垫子狠狠地踢了一脚，差一丁点就要把它们踹开了（那是两块巨大的花园软垫，和鸭绒被差不多大、差不多沉，一个小姑娘几乎不可能踹得动）。万幸的是，孩子没有什么动静。她心虚地往家里看了一眼，然后一溜烟地跑了出去。我们不会评判她的行为——我们是什么身份呢？我们有什么资格评判？但是，我们必须承认一个荒谬却存在已久的逻辑，这个逻辑既适用于人类，也适用于动物，唯独放过了我们这些幸运的石头：脆弱的肉身容易激发他者粗暴的行径。就像此刻，这个精力旺盛的孩子偏偏就要惩罚那副瘫软孱弱的身躯。

妹妹心里怒气冲冲。从那个孩子出生的那一天起，她的家就被世界孤立了。她怎么也想不通，为什么一个有缺陷的人、一个毫无自理能力的人，能够造成如此严重的伤害？为什么一个看似无辜的人会如此残忍？他无声无息地摧毁了家人的幸福，无动于衷地看着他们苦苦挣扎。他就像是一场持续的酷暑，毫不留情地夺走万物的水分。他就像是一个任性的主宰者，随心所欲地改变他人的命运。他来到这个家，剥夺了父母的快乐，毁掉了她的童年，还抢走了她的哥哥！

哥哥变了。不知从何时起，他变得异常殷勤，令她瞠目结舌。她还记得那个胆大心细、沉默寡言，还有些傲慢的哥哥。只有他能号召一群兄弟爬山，只有他敢驱逐成群结队的蝙蝠，只有他会带头用水藻打闹，也只有他懂得追踪野猪、生吃甜洋葱。她一直敬畏他，仰慕他，追随他。但如今，为了那个孩子，他再也不关心她的成长。他竟然没有发现，她游泳时已经不需要充气臂了！以前的哥哥去哪儿了？现在的哥哥，只会无微不至地想着那个孩子。他甚至担心壁炉里的烟雾太浓，会令孩子窒息，转头就开始研究家里的烟囱。为了不惊扰那个永远半梦半醒的家伙，他连走路的步调都变了。夏天里，他时时留意着阳光，及时把垫子挪到阴凉的围墙边上。妹妹躲在屋里，看着哥哥走进院子。他轻手轻脚，慢慢地朝垫子走去，每一步都踩着恰到好处的节奏，像一只动物般满怀期待地奔向巢穴里的幼崽。这一幕令她无法原谅，令她对那个孩子恨之入骨。

在哥哥身边，妹妹也养成了不服输的倔脾气，于是她"争夺哥哥的战斗"就这么打响了。当哥哥在壁炉旁一边看书，一边用手指抚摸孩子的小拳头时，她就悄悄地靠了过来，一会儿拉他去采桑葚，一会儿拜托他造一支箭，一会儿又邀请他一起爬山。面对妹妹不屈不挠的干扰，哥哥只是默不作声地盯着，眼神里有些许疑惑。眼看这招不奏效，妹妹只好另起一计。她抛出了一个话题，想要吸引哥哥的注意。可说着说着，她就发现哥哥总是心不在焉地敷衍。她顿时怒不可遏，大声地指责他，而后气冲冲地跑出了家门。妹妹伤心极了，因为哥哥脸上始终挂着温柔的笑容，仿佛对着妹妹微笑是他身为哥哥唯一的任务，但这不恰恰说明他对她毫不在乎吗？在冲出门之前，她瞥见哥哥继续低头看书，一只手始终摩挲着那个孩子。她悲哀地想，那个孩子对被抛弃的滋味一无所知，可她却已经知道了。

在这惨不忍睹的尝试之后，她终于意识到，直接将他从那个孩子身边抢走是不可能的。她再也不可能对他说"求你为全家人想想！求你为我想想！"，再也不能像乞讨一样苦苦哀求他的怜悯了。她必须变得强硬，必须像个随时奔赴前线的战士，全身心地适应残酷的现实。她绞尽脑汁，终于想出了停战和进攻的策略。

停战：这通常发生在他们俩坐校车去学校的路上。

每天一大早，她和哥哥就在省道边的候车亭里坐着了。当听见一阵刺耳的刹车声，看见校车缓缓地停下时，她便深深地松了一口气。因为每驶出一公里，他们就离那个孩子更远了一些。坐在哥哥边上，她喋喋不休地东拉西扯。哥哥漫不经心地听着，眼神在车窗外游荡。但是，妹妹毫不介意。无论哥哥心里想什么，此刻他的身边就只有她一个。在她经历过的停战时光里，最美好的当数哥哥带她到山里采野芦笋的那个早晨。那时，全村人都聚集在磨坊边，热热闹闹地围观砍伐雪松的壮观场面。家人到处找他们，后来把兄妹俩狠狠地责罚了一顿。但那点惩罚算得上什么？妹妹根本就不在乎。因为她知道哥哥是在保护她，哥哥担心那棵被砍倒的树会砸伤她，所以才执拗地带她上山。就像很久以前的那个夜晚，爸爸将他们召集到院子里，对他们宣布那个孩子双目失明。那时候，哥哥下意识地将她搂在怀里。那是多么动人、多么自然的反应，她怎么能料到，这份珍贵的兄妹之情竟然会在将来的某一天消失殆尽？

进攻：这会发生在每一个她无法靠近的时刻，尤其是哥哥带那个孩子去河边的时候。她看着他怀里抱着那个孩子，神清气爽地出了院门，顺着草木繁盛的斜坡慢慢往上走。他的目的地永远都只有一个：那段水流平缓的河岸，刚好位于两道小小的瀑布之间，顶上有茂密的树荫为他们遮蔽光线。为什么她对这些细节一清二楚呢？因为她总是默默地跟在他们身后，全程不远不近地盯着。可是每一次，她都忍不住跳出来，她要打断被那个孩子独占的宁静时光。她在水里蹚来蹚去，捡一堆小石头垒金字塔，或是跃跃欲试地抓水蜘蛛。要是得手了，她就肆无忌惮地大声欢呼。她就是要明明白白地占据她的位置，要时时刻刻彰显她的存在！哥哥偶尔会拿出相机，给站着的她和躺着的孩子拍照，但从来都不给她单独拍一张，即便她就站在哥哥身后，细细的脚踝浸在水中，徒劳无功地期待着。最终，她也只能倔强地盯着镜头，试图在照片上获得更大的存在感。

但这还远远不够。

她认真地思考过，若是不想彻底失去哥哥，或许她该和哥哥一起照顾那个孩子。她试着帮忙摆弄那两张大大的垫子。虽然看上去一板一眼，但她实在是太紧张了，一不留神刺啦一声，竟然把垫子给扯破了！一瞬间，数百个白色的小弹珠哗哗地滚了下来，把深色的板岩地盖得严严实实。她气得大声咒骂，但又不得不蹲在地上收拾残局。哥哥沉默地看着，当即在购物清单上加了一行。在这狼狈不堪的举动之后，她并没有灰心，又试着准备那个孩子每餐吃的蔬菜泥和每天服用的德巴金，还试着在他周围制造声音，因为听觉是那个孩子与世界沟通的唯一途径。她有样学样地在他耳边摩擦树叶，但她行动起来分外笨拙。她又模仿哥哥对他描述周围的风景，可她总是吞吞吐吐，总是词不达意。对于这番故作殷勤的举动，她觉得可笑至极，渐渐地失去了耐心。后来，她甚至想要摇晃他，命令他马上站起来，不许再装可怜、耍把戏。

曾经，她试图追踪那双眼睛游荡的轨迹。但她没有想到，一双失明的眼睛竟然令她焦虑不已。有那么几次，他们的视线相互交错。这无意间的相遇只持续了一秒钟，之后便错开了，可她依然浑身不自在。妹妹心里比谁都清楚，那个孩子的视觉神经完全是错乱的，他的眼睛根本就看不见。可是，她无法阻止自己胡思乱想，她似乎从这转瞬即逝的交会中读出了一股沉默的威胁，那眼神仿佛在对她说："给我小心点，收拾好你的情绪。我知道你讨厌我，可这又不是我的错，我们身体里流动的明明是一模一样的血。"

她也试着像哥哥那样贴近他丰润的脸颊，感受他滑腻的肌肤。但是，她很快就发现他的身体一阵阵地抽搐。她讨厌他身上的味道，因为他不光嘴里有股闷闷的蔬菜泥味，身上还包着尿布！若是闻到了异味，她绝对避之不及，一步都不肯往前靠！

那时，她转身就去喊哥哥。毫不意外，哥哥总是第一时间赶到。他俯身靠近，嘴里还发出奶声奶气的声音，她听着简直要起鸡皮疙瘩了！哥哥一只手轻轻地抓着那个孩子的脚踝，稍稍抬起他的臀，另一只手迅速地换上一片新的尿布。她就这么沉默不语地站在边上，看着她的哥哥动作利落地照顾弟弟。然而，就在这样的时刻，她曾经无数次期待着，下一秒他就丢开那个孩子，然后叫上她，一起出去散散步，一起到河边去坐坐。

有时，她会在心里劝自己，既然注定要和那个孩子一起生活，不如好好利用他的迟钝来找点乐子。于是，她弄来了一堆化妆品、皮筋、发箍和带花边的颈圈，盘腿坐在他的推车边，给他的脸颊画上两坨滑稽的腮红，睫毛根描上一圈歪歪斜斜的眼线，眼皮子涂上大片夸张的眼影，再用他厚厚的头发编一堆小小的辫子。在她胡作非为的时候，那个孩子并没有露出惊讶的表情，也不懂得如何反抗。只是当一把刷子毛毛糙糙地扫过脸颊时，他会略微皱起眉，或是当一个陌生的物件套上脑袋时，会稍微抬下眉毛。当哥哥出现的时候，总是隐忍不发地沉着脸，像在压抑着怒气。他没有开口责怪妹妹，但他立刻就将那个孩子抱到了自己怀里，让孩子的额头枕着他的脖颈，动作轻柔得仿佛怀抱着一根羽毛。妹妹呆呆地看着他们。她知道，这样真切的温柔，这样悉心的呵护，她是无论如何也做不到的。

曾有那么一次，她试图把他抱在怀里。她悄悄地靠近客厅里的推车。然后，她鼓起了所有勇气，双手紧紧地贴在他的腋下，忐忑不安地将他抱了起来。但她完全忘了，那个孩子的脖子没有一点儿力气。于是，他的脑袋一下就往后倒，他的脖颈几乎向后对折了。她吓得顿时松开了手。下一秒，孩子掉回了推车里，脑袋先是撞到了底下的垫布，再反弹着折回胸前，直到整个人侧着翻滚到边上，才终于停了下来。反应过来之后，那个孩子难受得号啕大哭。这是妹妹第一次见到哥哥暴怒的模样。当他闻声赶来时，发现那个孩子像被揉碎了关节的人偶，双腿跷在半空中，整个脑袋卷向胸前，他开始大发雷霆。可他依然没有直接训斥妹妹，而是对着周围的空气疯狂地怒吼，为什么没有人扶他一下？因为他残疾，就可以任由他歪着，等着他的脖子断掉吗？父母知道哥哥惊魂未定，赶紧上前安慰，柔声劝他说已经没事了，你看，弟弟没有再哭了，他已经不难受了。他们马上岔开了话题，让哥哥去试穿新买的跑步袜。他们同样没有责怪妹妹，没有责怪这个总是添乱的孩子。

汹涌的怒意令她直挺挺地站着，一动不动地僵在原地。为什么她如此愤怒？因为这股力量只会属于站立的人，那些瘫着的家伙想都不要想！尽管如此，她也只能不动声色地反抗。无论是此刻口袋里紧握的拳头，还是睡前枕头上疯狂的捶打，每一个动作都成了一次沉默的宣泄，令她释放怒意，令她获得安抚。当狂风卷起时，当暴雨来袭时，当周围的山都颤动起来时，她的心便感到一阵平静。她仰起脸，看着乌云密布的天空，闻着风雨欲来的气息，听着汹涌澎湃的奔流。她等待着雷电和暴雨尽情地肆虐。只有在这些狂暴的、失控的时刻，她的心才能得到理解。

一个十来岁的小姑娘应该是活泼欢快的，可她总是一脸不高兴，对父母的疑惑也爱搭不理。他们考虑了很久，最终还是决定带她去看心理医生。他们找到了一家城市边缘的诊所，将车停在了诊所附近的工业园区。刚一下车，她就看到一片庞大的工业景观，感受到一股铺天盖地的压迫感。但很快，她就放松了，这些闪闪发亮的招牌、气势非凡的商场和轰隆穿梭的车流就像大山里的风暴一样安抚着她，使她原本焦躁不安的心慢慢地平静了。她有些好奇地想，自己是不是已经病入膏肓了？否则，怎么会在这趟行程中体会出一股狂妄？想着想着，她觉得可笑极了，狂妄的怎么可能是这趟行程或这间诊室呢？那明明就是她自己，她才是这狂妄的根源。她憎恨这间温暖舒适的大厅，憎恨这些厚实的地毯、柔软的沙发、清新的精油喷雾和乡野风格的装饰画。她憎恨被包裹在温室里的感觉。所有与舒适有关的东西都令她感到格格不入。

心理医生很年轻，有着好奇的眼神和悦耳的嗓音。他提了几个简单的问题。妹妹态度消极，不管听到什么都耸耸肩，一句也不肯回应。于是，医生递给她一张纸和一支笔。她马上嗤之以鼻，想要告诉医生，她已经十二岁了，不是幼儿园里三岁的孩子了。但就在这时，她想到了守在门外的妈妈。沉默了片刻之后，她还是伸手接过了纸和笔。

在接下来的六个月里，这位医生坚持不懈地让妹妹画画，似乎认定了她的画能够透露出她的"心理问题"。到最后，妹妹实在是才思枯竭了。突然，她起了个坏心眼。她开始用画笔在整张纸上胡乱涂鸦。她一笔一笔用力涂着，不时表情促狭地抬头看他一眼，好整以暇地等着他发脾气。

在这次失败的尝试之后，父母并没有气馁，他们再接再厉，找到了另一位医生。这家诊所离得有些远，开车要花上整整一个小时。在三个月的诊疗时间里，医生始终让妹妹随意说些什么。可她根本就无话可说，干脆背诵起了学校食堂的菜谱。医生全神贯注地听着，不时对她点头示意。

第三位医生稍微近一些，在附近村子的医疗所。这是一家麻雀虽小，却五脏俱全的村镇医疗所，里面还有一位全科医生、一位牙科医生和一位理疗医生。候诊室非常简陋，只摆着几把塑料椅，没有多余的装饰。诊室门忽而开、忽而合，反反复复地响着。候诊的人随意坐在门外，一听到自己的名字，就赶紧站起来。有些人摔伤了，身上还挂着笨重的石膏，只能一步一步地挪进诊室。这次的医生是一位发髻凌乱、看不出年龄的女士，她要求妈妈陪着妹妹一起看诊。但在进了诊室之后，她完全不关注妹妹，反而目光如炬地盯着妈妈，抛出了一连串莫名其妙的问题：那个孩子是不是母乳喂养的？您是不是很晚才下班回家？您爱不爱自己的丈夫？爱不爱自己的母亲？知不知道哺乳也可能传播某种疾病？妹妹看着妈妈蜷缩在座位上，像个被老师盘问的学生一样磕磕巴巴地回答。她心中顿时蹿起了一股狂怒，想要立即打断这如同刑讯的对话。她想，有时也该轮到女儿来保护母亲了。于是，她一把抓住妈妈的手，倏地起身冲出了诊室。医生紧赶慢赶地跟在她们背后，她的高跟鞋发出了驴蹄子一样嗒嗒嗒的碎步声。她盯着这对拒不配合的母女，准备居高临下地教训一顿。"无论如何——去看个心理医生吧！"妹妹抢先一步，朝着她大声怒吼，然后拉着妈妈头也不回地走出了大门。一坐到车里，母女俩就笑得前俯后仰。妈妈撑不住地趴在方向盘上，她的肩膀不停地细细抖动着。过了一会儿，她抬手擦了擦眼睛。妹妹猜她可能是哭了，于是扑上去一把抱住她。她们就这样搂在一起，在这封闭狭窄的空间里紧紧相拥着。

这一天，妈妈的朋友从城里来到了乡下。那个孩子像往常一样躺在院子的树荫下。气氛很平静，但像我们这样洞察世事的看门人，一眼就看出了宁静之下的端倪。妈妈热情地给每位客人送上咖啡或是茶饮，她们客套地边喝边聊，但不时就朝那个孩子看一眼。我们能感受到她们的不自在。后来，她们终于憋不住了，鼓起勇气说出了心中的疑惑。那个孩子，他是不是四肢瘫痪啊？是不是身上哪儿疼？他能不能听懂别人对他说的话？他的"毛病"（她们毫不客气地用了这个词）为什么没有被提前发现呢？妈妈放下了手中的水壶，语气如常地耐心解释。不，他的脊椎没有断，也没有损伤，所以他没有瘫痪。但是，他的大脑没法传达指令，所以他动不了，也感觉不到疼痛。他懂得用哭或是笑把他的感受告诉我们。他的耳朵也没有问题，所以他能听见我们说话，也能听到别的声音……那他看得见你们吗？他看不见。那他就……永远不会说话，永远都不能站起来了吗？不能。你做超声检查了吗？医生什么都没有看出来吗？做了，可当时……没有什么异常。他是不是在子宫里受到了感染？或者……是你，是因为你身上带着某种疾病？不是……这是一种基因缺陷，是某个染色体的缺陷，发生的概率是很小的……医生也无法预知，现在……现在还没有办法治愈。

在这一刻，妹妹深深地怨恨妈妈体面的态度，也怨恨自己对这份体面的无能为力。我们似乎能窥见她内心激烈的挣扎与可悲的负罪感。她在心中毫无保留地对自己说，换作是我，就不可能这么大度，更不可能这么坦诚，所以我一点也不讨人喜欢。妈妈做得到，那是因为她信任别人。可信任是有风险的啊！我的妈妈承担了风险，所以她才能对朋友敞开心扉，才能回答得毫无顾虑。但我就是做不到啊！我怎么可能拥有这独一无二的态度？那只可能属于像大山一样坚定的女人。她们的身体就像这里的山壁，内里是坚硬的岩石，面上散落着尘埃，经历了数百年的风风雨雨。她们看似弱不禁风，看似逆来顺受，仿佛像板岩一样经不起磨炼（"板岩"这个词指的不就是那些"轻易就能劈开"的石头吗？），但那不过是种假象，她们比谁都更坚强。因为深知命运无常，所以她们游刃有余地避开挑战，顺其自然地适应生活，蓄势待发地挫败磨难。我的哥哥把坚忍的品格看得比什么都重，这怎么可能是个巧合呢？面对家庭的苦难，面对那个孩子，父母和哥哥都在顺势而为、尽心尽力，但我就是做不到啊！我已经不再是家中最小的孩子了，可我还是不停地肆意妄为，像只困兽一样无助地顽抗、激愤地呐喊。我根本不敢承认，在面对命运时，自己的力量是多么地渺小。失败是注定的，可我仍旧一意孤行，拒绝顺从。这辈子，我都不可能成为像妈妈一样伟大的女性了。

她再也不愿听下去了。于是，她站起身，穿过那扇古老的木门，一步步朝山上走去。她穿着一双普通的球鞋，攀爬时不断地在羊群牧道上打滑，小腿上擦出了一道道渗血的伤痕，但她毫不在意。她不停地往前走，累了就坐在草地上休息。这时，她望见了远处的三棵樱桃树，现如今只剩下灰败的树干，沉寂在一片绿意盎然的草木之间。在她的周围，万物自得其所。夏天充沛的雨水浸润着岩石和大地，蒸腾的地气不断地散发出湿润的土壤和新生的根茎气息。这些生机勃勃的根茎不但将活力赋予了树木、枝叶与沼泽，甚至赋予了远处飘然而至的羊铃声。这自给自足的和谐令妹妹忍无可忍，她深深地感受到了命运的不公。因为这片天地也像那个孩子一样，拥有着美丽的外表，却维系着冷漠的姿态，掩盖着残忍的内心。即便她逃到了大山里，也无法逃离他的阴影。这些无动于衷的自然万物对她的苦难、对山里所有女人的苦难视而不见。所以，她终于明白了，命运从不需要他人谅解。当下，她气愤难当，从地上猛地抓起一块石头，走到一棵年幼的绿橡树旁，用石头狠狠地砸向这棵稚嫩的小树。柔软的枝干一次又一次地反甩到她眼前，像在无声地反抗她的暴行。她穿着一件无袖上衣，手臂上满是深深浅浅的伤痕，但她看都不看一眼。她一下接一下地发泄着怒意，直到整棵树化作了散落一地的残枝和落叶。她深深地喘着气，汗水像断了线的珠子，不停地滑过她的脸颊，刺痛了她的双眼。

她颓废无力地走下了山。走到果园边上的斜坡时，她远远地看见一只趴在风障下打盹的流浪狗。它看起来怪模怪样：脑袋歪向一边，舌头吐得长长的，四只蹄子像被砍断了一样搭在边上。此刻，这只酷热难耐的狗没准十分惬意，因为它正躲在一片屋檐下乘凉。但这一幕却让妹妹僵在了原地，她顿时心惊胆战地想，那个孩子的不正常是会传染的。否则，为什么这只狗会这样瘫在地上？难道，是她周围的活物不约而同地失去了关节？那么，是否有一天，整个世界都会变得脆弱不堪、颠倒无序？是否有一天，当她醒来时，会发现自己的脖子瘫软无力、膝盖沉重畸形，再也动不了了？想到这儿，她被吓坏了，一路狂奔着冲下了山坡。当她跑进河边的果园时，一不留神就被地上的苹果给绊倒了，狠狠地摔了一跤。她忍着刺痛爬起来，跌跌撞撞地冲进了河里。幸亏她穿着球鞋，才没有在水里滑倒。她吃力地往前蹚。河水越来越深，河面就越来越暗，只能隐隐约约地看见水蜘蛛掠过的痕迹。尽管穿着运动裤，但她还是觉得小腿上、大腿上、臀上像是有几千支针一齐扎着。河水浸泡着她腿上的伤口、胳膊上的刮痕和原本就湿透了的无袖上衣，洗去了覆在肌肤上的汗水和一层薄薄的泥。她的胸膛剧烈地起伏着，全身不停地颤抖着，不知是因为水太冰冷，还是因为心里太难过。她的脑海里塞满了疑惑，这些疑惑酝酿出了一个万丈深渊般的问题，短短几个字像是要刺破她的心：“谁能来救我？”此时此刻，没有人能给她回应，只有河水支撑着她，阻止她倏地坠入深渊里。她迫切地想要抒发心中的激荡，于是她在水下张开了双臂，手指微微地露出了水面，漾起了一层层涟漪。她就这样浸在水里，手臂僵直地颤抖着。如果这时有人恰好经过，一定会感到非常害怕，因为一个穿着衣服、头发凌乱的年轻女孩泡在河里，水没过了腰，身体摆成了十字，上气不接下气地喘着。她试着调整紊乱的气息，闭上双眼，将全部注意力都投入到听觉中去——可她或许没有想到，这样的她和那个孩子还有什么区别呢？她一时沉浸在午后静谧的气氛之中，过了好一会儿才隐约听见几只鸟儿叽叽喳喳的叫声，听见不远处瀑布哗哗的水声。她感受着周围的山，想象着与群山融为一体，共同沐浴在夏日的阳光里。这时，她听见一些小虫子嗡嗡作响，似乎正围着一株溢出汁液的植物大快朵颐，她听见一只蜻蜓轻轻地擦过耳边。在这动静结合之间，万物回归了原样。大山无声无息地等待这场危机散去，等待困在悲欢中的人类平息下来，等待数千年里大同小异的结局。在大山的怀抱中，妹妹终于意识到自己的叛逆不过是些别扭的坏脾气。她睁开了双眼，抬起头，看见了头顶的白蜡树，那棵树不知何时用枝干为她悄然搭建了一道屋檐。

在生活中，唯一令她感到宽慰的人是她的外婆。从前，外婆也住在村子里，到了退休的年龄才搬去城里生活，可她总说自己是个"天生的城里人"。为什么呢？因为她总是涂着颜色鲜艳的口红，穿着尖细的高跟鞋，梳着样式复杂的发髻，无论做什么都不肯脱掉手上的镯子。一年四季，她都以轻薄的和服充当睡衣。即使在天寒地冻的圣诞夜里，她都穿着华丽却单薄的缎面连衣裙。她看起来一点儿也不像塞文山里的女人，然而谁都知道，她就是个如假包换的本地人。首先，因为她会下意识地重复"正直、坚忍、克制"这个神奇的口令，好像念出来就能解决这世上的所有难题。其次，因为她曾经参与过"抵抗运动"，可她对这段经历绝口不提。只有那么一次，她和妹妹在河边散步时，一下就认出了一条凿在石桥里的秘密通道。她说，想要找到这条密道，就得先沿着下坡走到果园里，再沿着河岸走到石桥底下。在这厚厚的桥栏杆里，人们要瞪大眼睛仔细找，才能发现这个隐秘的入口。在战乱的时候，这条通道拯救了山里的许多家庭。人们把行动不便的长辈背在身上，再从桥底下钻进这条深不见底的隧道里，用手臂匍匐着前行。年幼的孩子总是争先恐后地钻来钻去，兴冲冲地想要争个第一。最后，因为她一眼就能分出欧楂树和李子树，凭一己之力就能种出一整排竹子（她种在了果园深处，令整个山谷为之震惊），能用山上随意摘来的野菜烹出一道道美食。她多愁善感，若是见到一棵枝干扭曲的树，就会感叹着说："这棵树时运不济。"她见多识广，好像认识这世上所有的风，能丝毫不差地琢磨出风的来历。她是这样说的："你听，这是一道西风，是从阿韦龙地区鲁尔格吹来的。

这风黏腻得很，体弱的人吹了就会心绞疼。可是呢，等到下午喝咖啡的时候，它就会变成毛毛雨了。"于是，到了下午茶的时间，雨点就真的落下来了！外婆耳聪目明，不但能认出鹌鸫的叫声，甚至还能推测出它的年龄。妹妹对外婆崇拜不已，她在心中暗暗地想，我的外婆看起来像个贵妇人，但没准，她还是个会魔法的女巫呢！

每逢节假日，外婆就住进村口的第一栋房子里。孩子们只要穿过院子，再走几步就到了。她独自住着，但和家人关系亲近，这是小山村里世代相传的风俗。房子的露台围着一排木栅栏，边上就是滚滚的河流。在河岸的另一边，大山挺拔地耸立着，在河面上映出了一片绚丽的倒影。房子与山离得很近。乍看之下，只要从露台往外伸手，似乎就能摸到山壁了。这段河道，水流渐渐湍急，在山和露台边的墙之间的狭长空间里激荡起了一阵阵回声。妹妹非常喜欢待在露台上，看着水流冲击岩壁，看着白浪随之掀起。她对这个露台的喜爱远胜过家里的那个院子，因为在那个封闭的空间里，总是堆着两块厚重的垫子，上面躺着她最厌恶的那个孩子。

正是在这个地方，外婆坐在一把藤椅上，弯下了腰，把一颗木溜溜球塞进她的手心，语气平淡地对她说："我给藏在桥洞里的那些孩子也送了这个小玩意儿。生活难免会有低谷，你要耐心地等它反弹。"妹妹想，要是能一直待在外婆身边就好了。只要待在外婆身边，她就不会想起被偷走的哥哥，也不会想起偷窃的弟弟了。

整个下午，她们都窝在家里炸洋葱圈、熬接骨木果酱、烤橙味华夫饼（这是外婆最拿手的料理，也是妹妹最喜欢的甜品）。外婆手把手地教妹妹给刚出锅、还冒着热气的栗子剥壳。之后，她们把剥好壳的栗子放到一个大铜碗里，一边细细地捣碎，一边闻着栗蓉散发出的浓郁香味。果酱做好之后，她们就拿到菜市场上叫卖，赚来的钱刚好可以享受"一次优雅的美甲"，外婆说这话时，表情十分期待。在她们相处的日子里，外婆经常向妹妹讲述童年时的养蚕经历，说起那些没有墙也没有门、被称作蚕房的大屋子。她总是绘声绘色地对妹妹说，那里面实在是热得要命，可她不得不痛苦地忍受着。她要放上足够的桑叶，再看着那些蚕美美地吃饱肚子，接下来，就静待它们化身为勤劳的编织者，等着它们慢慢结茧了。"养蚕是我一辈子也忘不了的噩梦。"外婆不无感慨地说。因为她必须小心翼翼地将蚕茧剥下来，还要随时留意那些吐尽了丝线的织工，在它们蜕变之前就要将其浸在热水里烫死。妹妹听得如痴如醉，她心驰神往地想象着成千上万只蚕宝宝啃食桑叶的场景。"打住，你可千万别好奇，"外婆毫不留情地打断了她的幻想，"那会吵得让你发狂。"

有时，外婆会开车带妹妹上山兜风。途中，她们总会经过一棵特别的树。那是一棵长在岩石上的雪松，直挺挺地立在盘山公路旁。这原本是件匪夷所思的事，树木怎么能在毫无养分的岩石上扎根呢？但这一棵偏偏活了下来，纤细修长的树干如同天鹅的脖颈，优雅地望向天空。外婆停下了车。她靠在方向盘上，若有所思地盯着。过了一会儿，她朝树的方向抬了抬下巴，轻声说：

"这棵树，活得比谁都坚强。"

然后，她转过头看着妹妹，认真地说：

"你要和它一样。"

之后，她继续往上开，最后停在了一个视野开阔的观景台边。从那儿，她们看到了两座巍峨的山，山底嵌着一道狭窄的山谷，谷底波光粼粼的或许是一条河。在河的拐弯处，栖息着一座小小的村庄，像是一个躺在妈妈怀里撒娇的孩子。谷底的风光很美，可外婆不甚在意，她抬头望着更高处，用手指出了一个方向。那是她出生的地方，是个人迹罕至的村子。那儿实在是太高了，若不仔细看，人们多半会以为那是悬崖边上的一团红色岩石。

她自言自语般地说："这个村子像是凭空出现在这世上的。"

"我和它一样。"妹妹心里想。

在一片沉默之中，她们返程了。妹妹一只手搭在车窗上，闷闷地看着窗外的景色，外婆在一旁全神贯注地开车。没有人说话，只有发动机传来了沉闷的声响。等到车要拐个大弯的时候，这声音会骤然拔高，下坡之后又再变回去。当车马上要拐进村子时，外婆出其不意地发起了竞答游戏。她一边目不转睛地盯着路，一边对妹妹抛出问题：

——谁能长出满是小尖刺的松果？

——花旗松。

妹妹简洁明了地回答，一个字都不肯多说，眼睛仍然看着窗外。

——假如我是一棵年轻的桦树，那我的树皮会是什么样的？

——灰色光滑的。

——如果我的叶子是棕榈叶的形状，没有中脉……

——银杏。

——人们用碾压器剥我的皮，用来去湿疹。我是？

——山毛榉。

——不对。

——橡树。

——对了。

平日里，外婆不怎么爱说话。如同绝大多数沉默寡言的人，她用行动来代替言语。她从城里给妹妹买来了最新款的随身听和篮球鞋，订阅了十来岁孩子都爱看的杂志，带着妹妹去镇上看新上映的电影。所以在课间休息时，妹妹终于能眉飞色舞地对大家说："我也是，我也看了《绿宝石》！"她终于能和同伴聊"摩登淘金"乐队的专辑，能赶时髦地穿"榭飞雍"的T恤，能像大家一样嚼挞波[1]泡泡糖了！这一切都是因为外婆。是外婆托着她，才让她过上了普通孩子的生活，拥有了青春年少的时光。很久以后，她已经是个大人了。一天，在聊到身边的"问题少年"时，她对朋友说："如果一个孩子闷闷不乐，就该看看其他孩子在做什么。"随后，她自言自语般地说道："因为身心健康的孩子能够独自适应生活。他们当然有烦心事，也免不了要面对生活中的琐碎和挫折，可他

---

1 挞波，二十世纪八九十年代欧洲流行的一种管状泡泡糖品牌。

们不会怨天尤人。"不知想到了什么，她沉默了片刻，才继续说："长大以后，这些孩子会坚强地迎接生活的挑战。他们会像灯塔的守护人一样，就算厌恶日夜不停的海浪，也决不会逃避使命。哪怕是在漆黑的夜里，他们也会坚守着瞭望台，想方设法抵御寒冷、驱散惧意。毕竟，在这世上，哪个孩子能一辈子不经历寒冷和惧意呢？迎难而上是注定了的。"

　　只要待在外婆身边，妹妹就能摆脱愤怒的情绪。可外婆不光陪伴着妹妹，也照顾着那个孩子。她的目光比谁都锐利，早就看出了哥哥的依恋与父母的悲伤，所以她总是不声不响地帮助他们。每天，她都做一份苹果泥或木瓜泥，装在小碗里。之后，她端着小碗从家里出来，沿着小路慢慢地走，再穿过院子，将"小家伙"的晚餐放到厨房的台面上。妈妈偶尔没空的时候，外婆就负责送那个孩子去托育所，或是接他回家。每一次，她把那个孩子抱起来时，手上的镯子总是叮叮当当地响。她的动作看上去有些笨拙，但却十分坚定。那个孩子在她怀里不太自在，总想扭来扭去，可也没有哭闹。她本来就寡言少语，自然不懂得咿咿呀呀地哄这个小家伙，更不可能像哥哥那样对着他自言自语。但是呢，她不时就会在小碗旁边放上一双新鞋、一盒棉布，或是几瓶生理盐水。谁都猜不出，她是从何得知那个孩子缺什么、需要什么，可她总是这么贴心，总是这么及时。我们意想不到的是，妹妹一点儿也不嫉妒。或许恰恰相反，外婆对那个孩子的关注减轻了她心中不愿承认的负罪感。

几个月的视而不见，妹妹终于将那个孩子彻底逐出了视线。每当父母跑了一整天行政手续，脸色愠怒地回到家的时候，她就马上转身走开。所有与那个孩子有关的事，她都不想参与，甚至连听都不想听。一天晚上，当父母宣布要将那个孩子送去数百公里外的疗养院时，她没有丝毫动容，只是暗暗地猜想边上的哥哥该是多么震惊、多么煎熬。她好整以暇地折腾面前的沙拉，将讨人嫌的番茄一块一块挑出来，然后若无其事地对妈妈撒娇，说晚上想给外婆打个电话，因为她的好朋友诺艾米坚称密特朗先生比凯文·科斯特纳英俊多了，她必须和外婆好好讨论一番。

那个孩子终于被送走了，妹妹长长地松了一口气。他带走了满是厌恶和愤怒的情绪，带走了那一丁点负罪感。她总算能摆脱灵魂的阴暗面，再也不会痛苦了。她甚至暗暗期待着，哥哥能够回到她的身边。或许，他会暂时"销声匿迹"。没错，就是这个词。她再也想不出其他词来形容他模糊的侧影，仿佛他的每一个表情、每一个步伐、每一个姿势都散发着忧郁的气息。他面色苍白，眼神空洞，全身颓废无力，看起来越来越像那个孩子了。

就这样，妹妹重新回到了多姿多彩的生活中。她开始呼朋引伴，积极地锻炼身体，参加各种派对（但她从不在自己家里组织），津津有味地盘点《OK！精彩》杂志上的小道消息。外婆回城之后，妹妹会定期与她通话。在她返村的前夕，妹妹会一遍又一遍地巡视那栋冷冷清清的房子，备好足够的柴火，换上新的床单，检查热水器的温度，再冲洗落了灰尘的露台。当外婆到家时，妹妹不会冲上前去拥抱她，更不会故作亲热地行贴面礼，可她们俩形影不离，简直像住在同一栋房子里。妹妹熟悉那里的每一个角落，她一下子就能认出那个豁了口的咖啡杯、拧开时吱吱响的水龙头与厨房里的各种香味。外婆喜欢开放式的厨房，所以她改造了起居室，打通了整个空间。而这，不就是妹妹梦寐以求的摩登生活吗？她早就厌倦了家里那个昏暗逼仄的厨房，厌倦了妈妈在厨房里忙忙碌碌的身影。看看外婆的家！明亮的厨房，浅色的橱柜，开阔的起居室，她太喜欢这个宽敞的空间了！时常，外婆会在客厅里接待朋友。当名叫玛尔特、罗丝、珍妮的三位女士来访时，妹妹总是和她们一起喝咖啡。女士们在沙发上坐成一排，端庄的模样就像一串泛着珠光的珍珠项链。她们优雅地摆弄着手中的咖啡杯，在每句话里都留些意犹未尽的空白。当下，妹妹一厢情愿地想，这并不是因为她们老了，就变得健忘了。这是因为其他人听懂了，所以她们没有必要再往下讲。对于不知情的妹妹来说，这些欲盖弥彰的对话充满了吸引力，轻易就能令人想入非非："在那座石桥的暗道里，申克尔一家……""我种下的那一天，引水渠[1]……""你们听听！那个家伙可答应了……""我才刚要伸手摘蚕茧，一下就被烫伤了……"在这过程中，女士们时而聊起夏天的户外餐会，时而说些耸人听闻的恐怖故事，时而又调侃朝三暮四的未婚夫妻。她们彼此心照不宣地低声闷笑，虽然努力地憋住笑意，但那声音听起来实在是刺耳，和她们精心打扮的模样一点儿也不相衬。待笑声收敛之后，她们再继续聊起之前的话题。妹妹听见其中一位像讲故事一样卖起了关子，"米奈格家中的舞会，那才是最精彩的……"不等她说完，其他几位就迫不及待地补充道："我们到处找他的那根假手指，原来是塞进了……上面还戴着戒指！""一张德国人的脸，比蜡像还要僵硬……"谈笑间，她们有时微笑着摇摇头，有时又无奈地叹叹气，说到高兴时甚至大呼小叫起来。她们参与了彼此的人生，所以有着深深的信任与牵绊，足以令彼此感同身受，足以超越一切外在的言语。

---

1 原文为béal，在奥克语中称为besal/bial，意为引水渠。

和她们待在一起时，妹妹就不会想起那个孩子，不会想起自己的哥哥，甚至不会想起自己的年龄。她天真地以为，只要听懂了藏匿在只言片语中的谜团，就能分享她们的记忆，就能参与她们的生活。或许，就能逃离当下的痛苦。夜幕降临时，妈妈来到了客厅。她先向三位女士问好，接着对外婆说："妈妈，时候不早了，我们该回去吃饭了。"妹妹万分不情愿，磨蹭了半天才站起来。一想到即将面对目光呆滞、神情冷漠的哥哥，她就感到一阵沮丧。她已经竭尽所能地避开他，她再也不愿像从前那样靠近他，不愿一遍又一遍地体会那些苦涩的回忆，不愿在痛苦中徒劳地挣扎、绝望地死去，为这从天而降的不公而死，为那个改变一切的孩子而死。

　　所以，她越来越不愿意和哥哥说话。

　　但在相遇的时刻，妹妹表面上仍然是平静的。有时，他们的相遇猝不及防，比如她刚洗完澡，头发还湿漉漉的时候在浴室门口撞见他。但绝大多数时候，都发生在清晨的校车边。当妹妹等待校车时，总是能看见哥哥呆呆地坐在高中校车里，她就这样远远地盯着他的侧脸。

偶尔，她会在餐桌边捡到他不小心落下的眼镜。曾有那么一次，她无意间瞥见他在果园里背身站着，不知准备做些什么。她心中恨恨地想，他肯定是在重温与那个孩子有关的回忆，他必定是曾经把推车搬到了果园里，与那个孩子共同度过了一段令他念念不忘的时光。那是她永远无法参与的时光，是永远不属于她的时光。

她已经接受了。因为她只能接受，难道她有资格拒绝吗？接受，至少没有被驱逐来得痛苦。若是由她选择，她宁愿看着他作茧自缚，也决不许他独自幸福。就算他再也没有笑容了，至少他没有离她而去。就算她失去了从前的哥哥，但至少她捡回了残缺的魂魄。

在这麻木不堪的状态中，时光缓缓地逝去了。每逢节假日，父母就上山把那个孩子接回家。这时，妹妹不但躲着他，甚至都不肯待在家里。她像是一个大忙人，每天都有安排不完的活动，不是跑去外婆家，就是出门见朋友。在同伴面前，她对那个孩子绝口不提，以至于大家都以为她只有一个兄弟。她暗自庆幸，干脆任由大家误会，从不邀请任何人来家里。时间久了，大家不禁有些好奇，为什么她的家人总是没完没了地装修房子呢。

在学校里，妹妹是个坏孩子，既不用功读书，也不守规矩。老师们忧心忡忡，时常向父母告状。他们无法理解，为什么一个十五岁不到的小姑娘总是一副愤世嫉俗的模样？在一堂法语课上，当老师提到尼采的"凡杀不死我的，必使我更强大"这句话时，妹妹顿时暴跳如雷。她猛地站起来，当着全班同学的面，对着吓了一跳的老师怒斥道："这话错得离谱！凡杀不死我们的，只会令我们更衰弱！说这句话的人，对生活一无所知！他想让所有人都产生负罪感！他想要美化痛苦！"她暴怒的反应，像是要将内心的怨恨一股脑儿地发泄出来，像是要把所有的尖刻和盘托出，像是要毫不犹豫地对世界宣战。这番出格的言行令父母再一次被叫到了学校。在她心中，涌现出了一股复仇的冲动。这股冲动不断地煽动着她，与其半死不活地困在废墟里，不如亲手毁灭一切。终于有一天，她去理发店剃掉了半边头发。当她顶着半边光秃的脑袋回到家时，唯独外婆还能见怪不怪，夸她的发型很有创意。父母看到她的时候，一句话也说不出来。而她的哥哥似乎毫不在意，看都不愿看她一眼。

从那时起，她再也不关心她的家庭，再也不理会她的家人，对陪伴着她成长的这个院子、这道围墙与我们这些石头更是不屑一顾，经过的时候总是大步流星，一刻也不肯停留。要是她的眼神突然向我们投来，那肯定是为了拆下几块，拿去砸人，或是砸某个倒霉的东西。我们熟悉这股蛊惑人心的邪气，熟悉弥漫在这个院子里的暴戾。这一切全都从我们心爱的小女孩身上爆发了出来。这是她对无可挽回的命运的渴望，是她对毁灭一切的幻想，是她对得不到回应的怒吼，也是她永不回头的决心。从春夏之交的六月起，她开始流连于村子里的各种舞会。这是些供年轻人狂欢的活动，只要有一片宽阔的场地、一套音响、一个舞台和一间小酒吧就够了。有时，舞会就在村子里的小广场上，有时在网球场、青年活动中心或是前来露营的车辆边上。在这热情似火的场合，妹妹化上了浓浓的黑色眼妆。伴随着躁动的音乐，她一杯接一杯地喝桑格利亚酒，声嘶力竭地与朋友调笑。场地上高高悬挂着一排霓虹灯，那闪烁、刺眼的光线轻易就能令人生出放火烧毁一切的冲动。这时，突然来了一群骑摩托车的年轻人。妹妹表情嚣张地盯着他们。在这些年轻气盛的派对上，大家在互道姓名之前，都要先问上一句"哪儿来的？"之后，听着对方回答"从瓦尔邦讷来的"，或是"来自蒙达尔迪耶"。妹妹打心眼里欣赏这坦率而干脆的态度，她觉得爽快极了。反观她自己，她也来自某一个村庄、来自某一个山谷，可那又有什么用呢？她根本就说不出口！她丝毫感觉不到自己的归属，简直像是一个凭空出现的人。所以，她非但无视对方的搭讪，反而态度凶狠地挑衅，似乎随时要和人打上一架。终于有一次，她如愿以偿了。在巨大的音响背后，一个醉醺醺的男孩被她彻底激怒了，重重一拳将她掀翻在地。震耳欲聋的音乐声盖过了她的嘶吼和惨叫，地上的沙和小碎石呛进了她的嘴和鼻子里，那灰尘的味道像极了此刻响彻云霄的《彻夜狂奔》里辛蒂罗波的声线。她顿时摔断了一颗牙，捂着嘴跟跟跄跄地爬起来，再跌跌撞撞地往外逃。她知道爸爸一定会来找她。无论她肆意妄为到什么地步，爸爸都会带她回家。有很多次，她喝了不知多少杯酒，蹲在路边吐得稀里哗啦、狼狈不堪，双眼噙满了泪水，妆容糊成了一片，可爸爸从来不曾责备过她。这一次，爸爸一言不发地递给她一包纸巾，之后便专注地开车了。妹妹用纸巾压着血流不止的伤口，偷偷地转过头看他。他僵硬地板着脸，沉默地忍耐着。

　　妹妹上了高中。她非但毫不收敛，反而变本加厉地四处寻衅。她在食堂里和人吵架，在课间时干脆大打出手。终于有一天，老师在课上毫不留情地训斥了她。一气之下，她一把掀翻了课桌。她被学校开除了。父母四处奔走，也只找到一所学校愿意让她马上入学。但这所学校离家很远，花费也高得多，父母还是给她注册了。从此，天不亮，她就得起床，和上班的妈妈一起出发。她发现车子的后座还保留着那个特殊座椅，只是一只原本系在上面的小熊被拆掉了。她依稀记得那只小熊还抓着两串铃铛。从前，每当车转弯的时候，她总能听见令她心烦意乱的叮叮当当的声响。

这天早上，那个孩子竟然也在车上。他发烧了，疗养院的嬷嬷担心他传染其他孩子，要求父母把他接回家照看，直到退烧为止。所以，妈妈不得不请了假。这会儿，妈妈送她去学校，顺便把那个孩子也带到了车上。妹妹迅速钻进了前排的座位，眼睛死死地盯着前方，她一眼都不想看见他。妈妈习惯性地打开收音机，车里顿时充盈着轻柔的乐曲。她听见那个孩子舒服地叹了口气。

过了一会儿，那个孩子开始难受地呻吟起来。或许，是妈妈给他穿的羽绒服太厚了，让他在座椅里喘不过气。妈妈赶紧把车停靠在路边。她松开了安全带，三步并作两步走到后车门边。就在打开车门的那一瞬间，拂晓时天空洒下的氤氲光亮、沥青马路浸满露水的湿润气息、鸟儿清脆的叫声顿时涌入了车里。妹妹直直地盯着前方，她望见了远处一片玫瑰色的天空，望见了那片天空下昏暗的山影，她多么希望此刻天色仍然一片漆黑，那样她就什么都看不见了。这时，她听见妈妈一边柔声安慰那个孩子，一边解开了安全带。妈妈将他从座椅里抱了起来，想要将带子调松一些，却又不知该把他放在哪儿。她试着一只手抱起那个孩子，另一只手迅速调整带子，但她怀里的孩子不停地往下滑。他早就不是个婴儿了，就算用双手抱着都有些费劲，更别说用单手了。在妈妈手忙脚乱的时刻，妹妹依然无动于衷地坐着，她一点儿也不想帮忙，眼睛执拗地盯着远处山顶上一团泛紫的雾气。最终，妈妈不得不抱着那个孩子绕到车的另一边，将他轻轻地放在后座上，然后再回过头来调整他的座椅。她始终没有对女儿提一丁点儿要求。当她重新回到驾驶座的时候，她的额头上沁出了一片密密麻麻的汗珠。她顺了一口气，伸手调高了收音机的音量。

过了一阵子，妹妹发现了一种拳击课。她兴致勃勃，立刻就想报名。要去上课，就必须沿着省道骑上好一段路。父母觉得太危险了，可妹妹打定了主意，说什么都要去。在这个家，外婆永远是最体贴的，一听说这件事就从城里买来了全套的行头。妹妹欣喜若狂，当下就迫不及待地穿上了。在露台上，她神气十足地戴着护脸的头盔，穿着闪亮的运动短裤，一边威风凛凛地演示低侧踢、防守、羚羊跳和扫摔，一边如数家珍地给外婆讲解。她实在是太投入了，一不留神竟然打碎了边上装蔬菜泥的小碗。她拼命地呐喊，想要盖过湍急的水声。她用尽了全力，直到一动不动地瘫倒在地。外婆坐在藤椅上，目不转睛地看她表演，就像在欣赏一出精彩的歌剧，赞叹着为她鼓掌。

每个星期，她们都会一起坐在壁炉前，翻看一本关于葡萄牙的书。在外婆的一生中，唯一的旅行便是她和丈夫的蜜月之旅，他们去的正是葡萄牙。一说起这趟旅行，外婆就滔滔不绝，她不厌其烦地对妹妹细数旅途中大大小小的故事。说到最后，她会拿出一本年代久远、略有些泛黄的摄影集，翻开的第一页便是一张葡萄牙地图。她用涂着精致指甲油的手指指向地图的南端，自言自语般地呢喃，"卡拉帕蒂拉[1]"。她说，就是在这儿，在这个背靠着山、面对着大西洋、到处都是白色房子的滨海小镇上，他们乘坐的巴士突然间出了故障。她一边说，一边回忆着当时近在咫尺的汹涌海浪，回忆着那一阵阵几乎能将房屋掀翻的狂风，回忆着那些被风吹弯了腰的树，回忆着海边低矮的房屋、墙上暴晒的鱼虾。从这趟蜜月之旅中，外婆带回了许多甜品方子，在之后的五十年里反复尝试，终于能驾轻就熟地做出独具风味的异域甜食，比如妹妹最爱的橙味华夫饼。卡拉帕蒂拉，妹妹一遍又一遍地低声念着。她爱这个名字，听起来比那该死的"利福霉素"好太多了。她幻想着有一天能将这个名字文在身上。

这是一个平静的午后。当玛尔特、罗丝和珍妮一如既往地在客厅闲聊时，妹妹心中突然生出了一个念头。她想，这些女士一定拥有一颗平和的心。这仿佛是个秘

---

1 卡拉帕蒂拉（Carrapateira），葡萄牙海滨小镇。

密，是她无意间发现的秘密。这样的惊喜曾经发生在很久以前。那时，他们的生活还未曾遭逢巨变，哥哥总是与她形影不离，每天都陪着她到处玩耍。有一天，他们在河边玩水时，竟然遇上了他们苦苦寻觅的鳌虾——那是一团躲在水中的小小黑影，在滑腻的石头间窜来窜去，吓得兄妹俩毛骨悚然。此刻，外婆正给她的朋友们送上温热的茶。今天，三位女士描着蓝色的眼影，她们时而平静、时而热烈地聊着。尽管边上坐着一个秃着半边脑袋、眼眶涂得黑漆漆的少女，但她们却一点儿也不好奇。这温柔而包容的态度令妹妹相形见绌，她感到羞愧极了。看看她，一副麻木不仁的模样，活像一株纹丝不动的植物，甚至像一个昏迷不醒的病人。她忽然意识到，自己这半死不活的状态或许还比不上年迈的外婆。想到这儿，她心惊胆战，一时之间慌得无所适从。她倏地站了起来，在女士们慢半拍的惊讶目光中，胡乱地塞上随身听的耳机，将音量调到最高，然后猛地冲出了房门。伴随着《彻夜狂奔》的躁动歌声，她用尽全力朝岿然不动的大山狠狠踢去。

周末，妹妹早早地醒了，她已经适应了每天早起的生活节奏。下了床，她赤脚踏在冰冷的地砖上，走出了卧室。她经过了那个孩子空荡荡的房间与哥哥紧闭的房门，紧了紧身上的长马甲，走出了院门。清晨的雾气迎面而来，为她的脸笼上了一道薄纱。湿润的地气冉冉升起，将大地朦朦胧胧地罩住了。站在这缭绕的烟雾之中，她的记忆似乎与脚下的土地融为了一体，回忆的画面一幕接着一幕，悄无声息地裹着她，令她半梦半醒，令她迷醉其间。此时，唯有奔腾的湍流试图打断她的迷梦。她的面前是一座高耸入云的山，山脚稳重地踏在地面上，山腰却扭曲着想要腾空而起。她双臂抱在胸前，出神地站在桥上，呼吸着山间的空气。她已经快要忘记了那些与哥哥共同度过的清晨。她悲戚地心想，人究竟能承受多大的痛苦？为什么要哀悼一个活着的人？一想到那个看似无辜的始作俑者，她的心就燃起了一股愤恨。但无论如何，她都不愿承认，这股恨意也夹杂着一丝怜悯，因为她总是情不自禁地想起他半张着的嘴、轻柔的呼吸、微微的颤抖或是舒缓的叹气。然而，随之而来的沮丧压倒了一切，抵消了她心中所有的困惑。她就这么站在桥上，站在大山面前，轻轻地拭了拭眼角。

——你的三位朋友，玛尔特、罗丝和珍妮，她们为什么不议论我？

——因为她们各有各的伤心事。人心里痛苦的时候，就不会想着议论别人了。

——胡说，好多人明明心里难过，但却对别人尖酸刻薄。

——那些人或许遭遇了不幸，可他们心里未必难过。

——……

——再吃块华夫饼吧。

外婆终究还是遇到了长辈们难以避免的事。那一天，大约是早餐时分，她倒在了厨房里。那时，她身上穿着心爱的薄和服，身边萦绕着栗子与香草糖的气息。到了晚些时候，三位朋友中的某一位来访。透过门关上的副窗，这位朋友看到一双涂着红色指甲油的手瘫在地上，周围撒着一层白色的粉末，散落着一堆破碎的玻璃。

消防员很快就放弃了抢救。他们语气沉重地请父母节哀，同时告诉他们，老人家在几个小时前就已经过世了。

她的外婆被夺走了，她的世界末日来临了。她终于知道哥哥曾经多么痛苦了。

当天傍晚，在接她回家的路上，妈妈对她宣布了外婆的死讯。那时，妈妈紧紧地抓着方向盘，目不转睛地盯着前方，竭力控制着自己的情绪，过了许久才语气平淡地对她说："外婆今早去世了。"妹妹脱口而出地回答："没有。"妈妈一下愣住了，她以为自己听错了，什么"没有"？为什么"没有"？没有。

当崩溃来临时，它的模样或许是出人意料的。在妹妹身上，绝望化作了冷漠。那些挑衅的叫嚣与冲动的怒火，那一阵阵不断在她心中激荡的洪流，在一瞬间统统消失了，只剩下了一片冰冻的荒芜。与生俱来的倔强容不得她软弱，容不得她悲戚。既然她的心已经失去了最后一丝暖意，那她就彻底抛弃这颗心。她变得像一块坚硬的岩石，她将自己彻底封闭住了。

我们很快发现，她的步调变了，变得不再匆忙，也不再激动。每当她经过时，总是昂首阔步、膝盖挺直，推开门的动作也是不紧不慢的。甚至，她连撩头发的动作都变了。现在，她再也不像从前那样急不可耐，而是将碎发整整齐齐地别到耳后。我们看出了她内心的坚定，这令我们感到十分欣慰。我们期盼着她再也不要受情绪摆布了。

在爸爸第一次失控的那个夜里，我们便对她的成长深信不疑了。我们比谁都清楚，人一旦耗尽了耐心，就会产生过激的情绪。从那个孩子出生的那一天起，为这个家遮风避雨的始终就是爸爸。可是，我们不止一次看见他凝视着推车里的孩子，过了许久才悄然走开。平日里，他是个活脱脱的乐天派，喜欢说些诙谐的玩笑话。就像在这个热闹的圣诞夜里，他盯着那个孩子的小皮鞋前唯一的礼物，突然语气戏谑地说："他虽然残疾，但至少有一个优点。

你信不信？你肯定找不到比他更省钱的孩子。"听到这话，原本面带愁容的妈妈马上哈哈大笑起来。

只有妹妹注意到，爸爸在砍柴时从来都不用更省力的电锯，而是用一把费劲的斧头。有一次，在棚前，她看见爸爸大汗淋漓，像气急了一样浑身发抖，她太熟悉这种情绪了。她看着爸爸将斧头高高举起，再用尽全力劈下去。她听见他发出了野兽般的咆哮，其中或许还夹杂着几声呜咽。妹妹被吓得愣在原地，她从来没听过爸爸如此痛苦的声音，从来没见过他如此残暴的神情。木头应声裂成了数不清的碎块，像刀片一样划破了周围的空气。她的父亲是个典型的塞文山人，拥有瘦削、矫健的体魄，但此刻的他却像一个肌肉遒劲的巨人。他将深深扎进木块里的斧头猛地拔出来，之后再次高高举起，手腕不停地颤抖着。

妹妹同样注意到，在修剪河边的荆棘丛时，爸爸也从来不用割灌机，而是抄起一把大剪子，以近乎疯狂的速度剪断参差不齐的枝条。那时，他面目狰狞，像是要狠狠地惩罚眼前的大自然。他的眼神怔怔的，牙关咬得紧紧的，就像看见女儿被打断了牙齿的那一刻，强行忍耐着心中的痛苦。

晚餐时，他又变回了风趣幽默的爸爸，为家人烤洋葱馅饼、炖野猪肉杂烩，偶尔感慨地说："在我们的家乡，这些食物是老天爷的馈赠。"随后，他便和家人聊起刚翻新的合作社或是由棉纺厂改造的博物馆。看上去，家里的氛围温馨而宁静。但在妹妹心中，始终横亘着隐隐约约的不安。这就像是一股不祥之兆，令她坐立难安。她甚至想要将餐盘砸到墙上，好阻止自己胡思乱想。

某天夜里，妹妹的预感终于成真了。当一个路人执意要把房车停在磨坊边时，她看见爸爸彻底被激怒了。他揪着那人的脖子，一把将人摔到了马路上，口中再一次发出了野兽般的怒吼。她毫不意外，她甚至觉得这样的暴戾意味着爸爸的情绪终于有了发泄的出口。她将这一幕牢牢地记在了心里。面对爸爸突如其来的暴怒，哥哥只是抬头看了一眼。妈妈仍旧一言不发，她始终沉浸在外婆逝世的悲痛之中，对外界毫无反应。妹妹突然意识到，从那天起，妈妈就再也没有开口说过话了。当那个路人一瘸一拐地走开，嘴里叫嚣着要报复的话语时，她惴惴不安地掂量这场灾祸究竟该如何收场。这时，她又想到了那个孩子，她多想贴着那张苍白的脸颊，恶狠狠地对他说："你是个灾星！这一切全都是你的错！"但下一秒，她就驱散了无谓的情绪，因为她知道火上浇油是没有用的。她的家已经变成什么样了？爸爸的脾气越来越狂躁，妈妈一句话也不说，而哥哥早就是一缕游魂了。她哪还有时间难过？她必须拯救一个即将溺毙的家庭。此时此刻，她的内心涌现出了一股从容不迫的力量。我们知道，那是危难当头的反击之力，陪伴着她承受了从天而降的厄运。当汹涌的洪水来袭时，除了眼睁睁地看着树木被连根拔起、车辆被掀翻在地、生命被席卷而去，人们还能做些什么？妹妹想，那些勇敢的人会用绳索加固树木，会尽快开闸放水，甚至会争分夺秒地填筑堤坝。她必须像那些勇敢的人一样全力以赴，拯救她的家。

　　为了这个目标，妹妹必须运筹帷幄。她买了个记事本，专门用来记录她觉察出的"问题"，之后再想方设法地解决。问题1：那个孩子回家的时候，哥哥的心情会好点吗？她不得不承认，答案是肯定的，所以她时常催促父母将他接回来。她记录下那个孩子回家的每一个日期，提前到超市购物，把冰箱塞得满满的；之后，再将暖气打开，把他的房间烘得暖乎乎的；偶尔，妈妈没时间做蔬菜泥，妹妹就给他准备酸奶。这当然不是为了他，这一切都是为了哥哥，妹妹比谁都希望哥哥能好起来。她肩负着拯救家庭的重任，所以总是有条不紊地行动着，丝毫不敢懈怠。问题2：哥哥是不是太孤僻了？妹妹总是暗中盯着他，若是发现他一个人待得太久了，她就立刻现身。因为她有一个屡试不爽的借口：要哥哥给她讲解数学题！她总是装出一副大伤脑筋的模样，决不让他知道自己早就懂了。问题3：他是不是已经忘记了哥哥这个身份？是不是再也不想当哥哥了？她不在乎！反正，她的世界已经支离破碎了，那些既定的秩序还有什么用呢？身为妹妹，她可以反过来保护哥哥！问题4：如果她好好学习，父母会感到宽慰吗？会少一些烦恼吗？她想是会的，所以她定下了目标，要成为班级里的第一名！你们觉得她狂妄自大？不，她毫不自满，也绝非傲慢，她满心牵挂的是为父母排忧解难，将"待办问题"一网打尽！她像是一名对症下药的医生，又像是一位有勇有谋的将领。我们看着她在院子里利索地抽出椅子，啪的一声将记事本甩在桌面上，一笔一画地记录她的战斗进展。我们看着她努力地适应生活，努力地适应她的新角色。她对家人的关切与付出，正如哥哥对那个孩子的眷恋与照顾，正如父母对兄妹三人的养育和宽容，正如千百年来延续至今的血缘与亲情，无论何时都令我们敬佩不已。是否有一天，人们会正视这些屡遭生活打压的人？是否有一天，人们会承认他们适应生活的能力？是否有一天，人们会称赞他们孤注一掷的坚定与如履薄冰的勇气？

从此，妹妹抛开了一切不相干的人和物，全身心地投入到保卫家庭的战斗之中。她将五花八门的化妆品统统收进了柜子，把时常光顾的发廊彻底抛在了脑后。在这个家急需主心骨的时候，她勇敢地站了出来。她在人前镇定自若，在晚餐时充当家人的开心果，在学校里对同学间的闹腾毫无反应。她为自己定下了铁一般的纪律，对定好的计划坚决执行。她揽下了许多家务，帮妈妈购物、做饭、晾衣服，只为争取哪怕十分钟的时间，见缝插针地和妈妈交流。为了随时有话可说，她在记事本里写满了"闲聊话题"，那可是她每天博览报刊的"战果"！她会选出引人注目的新闻头条或是饶有趣味的本地见闻，在晚餐时兴致勃勃地提起，期待能够得到家人的回应。她说起了附近村里不幸被虫蛀了的葡萄树，说起了即将生效的《申根协定》，说起了布鲁斯·史普林斯汀[1]在当地举办的巡回演唱会，说起了爸爸每天收看的名叫《绳索匠、法官和警察》[2]的电视剧，说起了六月即将来袭的酷暑和村口新建的旅游局办公楼……在她锲而不舍的努力之下，妈妈不时露出惊讶的表情，爸爸时常随口附和两句，而哥哥则是对她烦不胜烦。她将所有精力都给了家人，再也顾不上其他人了。一放学，她就坐车回家，毫不理会朋友们的邀请。

---

1 布鲁斯·史普林斯汀（Bruce Springsteen），美国摇滚歌手。
2《绳索匠、法官和警察》（Les Cordier, juge et flic），法国电视剧，第一季于1992年播出。

她的冷淡突如其来，令从前的狐朋狗友气愤难当。有些人干脆找她麻烦，在校门口骑着摩托车轰轰作响地绕着她转，而后竟然一把抢走了她的书包。妹妹简单利落地做了个了断，她在拳击课上学来的本事终于派上了用场，因为她一拳就打断了对方的鼻子！最终，父母不得不出面收拾残局。他们跑前跑后地慰问伤员，耐着性子与对方家长商量如何赔偿。

　　在那之后，妹妹的生活彻底平静了。曾经，她是那么热爱呼朋引伴，现在却变得形单影只，因为她不得不以一己之力阻止她的家人沉溺在悲伤之中。如果这时有人对她说，一份美好的爱情正在不远处等着她，等着融化她的防线、教她热爱生活，恐怕她会嗤之以鼻。然而，这一切注定会发生，她注定会遇到那个令她学会放弃的人。但在此时此刻，她对奇迹还不敢有一丝幻想。

　　偶尔，她会拿出外婆送的那颗木溜溜球，在手心里摩挲摩挲，之后马上就收起来。她不允许自己流露出丝毫软弱，所以她从来不回外婆的房子，拒绝留下外婆的和服，渐渐淡忘了橙味华夫饼的味道，再也不参加曾经热爱的拳击课，就连外婆为她订阅的杂志都不看了。她变成了一个不需要阅读，也不需要倾诉的人，一个不需要记忆，更不需要联系的人。为了这个家，她牺牲了自己的人生。这样的她，就像一位站在甲板上瞭望的船长。面对广阔无垠的大海，除了坚持，她别无选择。

在接下来的日子里，妹妹几乎成了一只对目标穷追不舍的怪物，行动起来雷厉风行，说起话来惜字如金。她变得越来越难以捉摸，朋友们纷纷离她而去，但她一点儿也不在乎。她长相漂亮，吸引了不少爱慕的目光，可她完全视而不见，对同学间的拉帮结派更是不屑一顾，对每一个靠近的人都冷若冰霜。她的脑海里塞满了算计，因为她无时无刻不在思索：哥哥今天笑了几次？爸爸多久没有像发疯一样砍柴了？妈妈这周说了哪些话？吃饭时谁跟谁交换了眼神？省议会选举的话题到底有没有引起大家的注意？她究竟能不能在期末得第一？在她的计划中，世界变成了记事本里的一张张清单，左边是逐条解决的"疑难杂症"，右边则是为第二天预备的"闲聊话题"。每天晚上，她都趴在床头涂涂写写，总结当日的经验，再谋划翌日的进展。时常写着写着，她就睡着了，记事本就这样乱糟糟地散落在枕头上。

　　与妹妹正相反，哥哥变得越来越柔和，也越来越开朗了。假期里，当那个孩子被接回家时，哥哥似乎找回了从前的眷恋，再一次温情脉脉地靠近他，甚至主动为他修剪头发。妹妹心满意足，她的目标眼看就要达成了——她对生活早就毫无期盼了，她只有目标，眼下即将大功告成。她的哥哥终于放下了痛苦，回归了生活，他都重拾微笑了！就算是因为那个孩子又如何？更令她意想不到的是，哥哥竟然开始关注她，不但发现她光秃的半边脑袋上长出了短短的头发，还夸奖了她未施粉黛的脸！很快，她的任务清单就能再少一项了！想到这儿，她长长地松了一口气。

　　妹妹乘胜追击，她破天荒地和哥哥去看了一场电影。到了电影院里，她不动声色地避开了从前跟外婆一起坐过的位置。（那时候，她喜欢坐在边上。因为她总是爱胡思乱想，若是遇到了紧急疏散的情况，坐在边上就能"随时逃跑"。）他们有一搭没一搭地聊起了果园里丰收的桑葚，聊起了村里的加油员和理发师私奔的八卦，还聊起了学校里令人忍俊不禁的往事。对话时，他们不怎么转头看着对方。他们的交流还有些生涩。

　　他们观看的电影十分造作，译制水平更糟糕，但这对妹妹来说无关紧要。沉浸在缤纷跳跃的银幕光亮之中，她似乎突然间意识到哥哥可能永远无法摆脱那个孩子了。因为摆脱或许意味着治愈，但治愈就意味着从此与痛苦一刀两断。而这份痛苦，是那个孩子赋予他的特权，是那个孩子赋予他独一无二的痕迹。治愈痛苦，就意味着完全抹去这一痕迹，永远地失去那个孩子。想到这里，妹妹痛苦地闭上了双眼。她已然明白这世上的关联林林总总，莫衷一是。这其中，有她孤独的战斗，也有哥哥深切的悲伤。

　　深秋时分的一个夜晚，她拜托哥哥来学校接她回家。那时，殷红的晚霞映出了天空中的一片伤痕与倦意。几天前，一阵狂风裹挟着暴雨席卷了整个山区。如果外婆还在世，肯定能预测出这狂暴的天气。在这场风暴过去之后，河面涨高了好几米，泛滥的河水不但冲走了周边的树木和汽车，甚至还卷走了两个倒霉的村民。山上落下的洪流冲垮了挑台而建的露营地，还冲毁了半山腰的梯墙、种着甜洋葱的大棚和储存木柴的仓库。码头的商户也纷纷遭了殃，洪水冲碎了整扇玻璃橱窗，转瞬之间就灌进了商店里。如今，药店的女药剂师看着四处漂散的针管一筹莫展，肉铺老板对着被水泡坏的绞肉机唉声叹气。当洪水涌进店铺时，他们要么马上爬上楼梯，要么迅速从后门逃走。大家一边回忆着当时的情景，一边不停地感叹劫后余生的庆幸。

此刻，兄妹俩正沿着暴风雨肆虐的痕迹走在回家的路上。在他们周围，树木倒在了地上，枝干覆上了团团淤泥，树根张牙舞爪地暴露在空气中。河岸被洪流冲垮了，河床似乎向外拓宽了好几米，就像是被两只从天而降的大手蛮横地掰开了。岸边的岩石和树木统统消失不见了，只剩下大片干涸的泥沙。坐在后座上，妹妹似乎正在穿越一个巨大的流体，里面不断地溢出湿润的地气，传出稀奇古怪的声音，有些像史前动物的嚎叫，有些又像参天大树的窸窣。这动静令她仿佛置身于一片幽暗的原始森林。她不由得不寒而栗，可她又不敢紧紧抱住哥哥的腰。因为哥哥正小心翼翼地骑车，他盯着泥泞的路，一刻都不能分神。他们彼此沉默不语。此时此刻，若她扪心自问，是否真的失去了哥哥，恐怕她是答不上来的。但除了她，谁还有资格回答这个问题呢？只要她能接受现实，答案就不再重要了。就算失去了哥哥，她也获得了一个亲密的朋友。这时，他们经过了一座断桥。经过了暴风雨的洗礼，部分桥栏杆不见了踪影，只剩一道光秃秃的拱苦苦支撑着。看起来，这桥像是被饥不择食的妖魔咬了一口，落下了一个歪歪扭扭的伤疤，可它竟然没有坍塌。她是否能像这座残缺的桥一样，伤痕累累但却坚强地活着？我们想，妹妹心中已经有了答案。我们知道，她的人生即将重新起航。

在接下来的暑假里，当那个孩子再度被接回家时，妹妹发现他又长个儿了。他依然总是躺着，长时间的卧床不光使他的嘴巴变得畸形，还让他长出了一口参差不齐的牙和肿得厉害的牙床。到了这个时候，他的残疾已经一目了然了。然而，出乎我们意料的是，妹妹心中没有一丝厌恶。她仍旧竭尽所能地避开他，但与此同时，她知道哥哥正与他重修旧好。她不担心，也不嫉妒，她再也不会满腔愤恨地强求了。晚餐时，她一如既往地抛出了话题，然后惊喜地发现哥哥竟然愿意参与了。他偶尔聊几句时事，或是跟爸爸讨论甜洋葱的收成。妹妹在边上仔细地端详他的脸。时至今日，兄弟俩如出一辙的长相仍然令她倍感惊讶。看着他，就像是看到了那个孩子长大成人的模样。

过了一阵，哥哥出了趟远门，预计要走好些日子。但在短短四五天后，他突然出现在了客厅里。在一阵浓郁的咖啡香气中，在大家呆若木鸡的注视下，他干脆利落地放下背包，爬上楼梯，走进了那个孩子的房间。可想而知，他是多么期盼着回到家中，靠近那张小床；可想而知，他是多么期盼着能与弟弟重逢。从那时起，妹妹总能看见哥哥面带微笑，她实实在在地感受到他发自内心的幸福，于是她在记事本上默默地画掉了一行。哥哥又开始为那个孩子洗漱，带他到河边的冷杉树下乘凉。妹妹躲在远处，悄悄地盯着他们。她就像一名统领全局的将士，一边逡巡着战场，一边不停地思索：哥哥记不记得垫一条浴巾？他记不记得抚摸孩子的脸颊？他记不记得喂孩子喝水，记不记得确认树上没有马蜂窝？一切如常，哥哥看起来心满意足。于是，她再度打开了记事本，画掉了一行。战事过半，她已经看到了胜利的曙光。在她心中，有一个朦朦胧胧的念头。或许，她已经坚不可摧了。从今往后，她再也不会暴露任何情绪了。

她心中隐约的恐惧终于在葬礼时被揭穿了。

在走向墓园的途中，她被一群沉默的人包围着，渐渐感觉身体僵住了。那是冷意，是一团冷意来袭，覆盖了她的身躯，麻痹了她的四肢，捂住了她的胸膛。这时，她想起哥哥总是担心那个孩子受寒，总是给他穿厚实的衣物。现在，那个孩子躺在棺木里，轮到她来感受这刺骨的寒意了。她心里一阵恐慌，于是动了动手指，跺了踪脚，想让血液流动起来，但她仿佛从头到脚都被冻住了。曾经，当她跳进河里的那一瞬间，全身上下都激起了一阵寒战。然而，此时的冷却截然不同，就像一场缓慢的灼伤。

在这悲伤肃穆的时刻，她不愿被人看穿她的惊恐与不适，所以她只能转头盯着路边的岩石。我们多想给她送去些许安慰，可谁能听见这卑微的愿望？我们这些冷硬的石头竟然妄想温暖人类的心，谁能理解这看似荒唐的悖论？但是，我们始终尽心尽力地帮助他们，供他们遮风避雨，供他们玩笑打闹，供他们铺路修桥。就像现在，我们无计可施，只能默默地陪伴这个目光低垂的年轻女孩。她的步子很快，可是双腿不停地颤抖，踩得地上的碎石咯吱作响。

他们终于走进了墓园。在这冰冷而庄严的氛围中，她先看到了一棵高大的橡树，那细长弯曲的树枝几乎垂到了地面；然后，她看到了父母的腿，紧紧地靠在一起，紧得像是出自同一具身躯；之后，她看到了墓园外那圈低矮的栅栏，顶上竖着一排尖刺，像是要扎破从天而降的一切：飘然而至的雨滴，周身围绕的寒气，与这些年来的回忆。一瞬间，那些深埋在脑海中的画面统统倾泻而至，向她席卷而来：他出生时全家人的快乐，那对滑腻丰润的脸颊，她逃避他时隐隐的羞愧，没能抱住他时深深的耻辱，浴盆中孱弱的身躯，院子里厚厚的垫子，弟弟轻轻的呼吸——第一次，她称他为"弟弟"。如果外婆在场，一定能听见她内心的独白，一定会为她感到高兴。但在此刻，她的情绪几乎掐住了她的呼吸，阻断了她的知觉，她只能隐约听见脚下汩汩的水流声，那是大自然的声音。头一次，这片大山对她释出的不是冷漠，而是默许，仿佛在耳边悄悄对她说：你可以放手了。那一刹那，她像是被撕裂了。她惊愕地感受到一团沉默缓缓地降临，笼罩住她视线所及的一切。她再也无法动弹，连周围演奏哀乐的人也静止了。不知过了多久，她看到哥哥打破了僵局，朝着她走来。毫无意外，他的表情满是悲伤。而她亦然，尽管她早已发誓决不重温这种情绪。我们看着哥哥一步步地走近，双手握住她的肩膀，口中反复喊着她的名字。妹妹哭得直不起腰，他就这样将她搂在怀里。我们只能看见她的背不停地颤抖，听见她哽咽着说："他死了，我们终于能重逢了。"哥哥放开了她的肩膀，贴着她的背，将她紧紧抱着。他的眼中渐渐噙满了泪，但他仍然微笑着，下巴靠着她的头，轻轻地对她说："不，我们一直在一起。就算他死了，依然与我们同在。"

弟弟

Le dernier

父母和兄妹俩通了电话，告诉他们，"我们要有另外一个孩子了"。说话时，他们的语气局促不安，措辞小心谨慎。可他们多虑了，这根本就没有什么必要。因为兄妹俩各忙各的，哥哥在城里学习经济专业，而妹妹远在里斯本游学。

　　他们离家在外，所以不会撞见妈妈从梦中惊醒，挺着圆滚滚的大肚子，盘腿坐在沙发上。他们不会想到，她又一次梦见自己难产了。他们不会看到，在这万籁俱寂的深夜，她漫无目的地走进山里，双腿大大地叉着，生怕一不小心就跌倒了。他们不会知道，在那位见证了悲剧的医生面前，她是如何紧紧握着爸爸的手。就在同一家医院里，他们踩着同样的灰色塑胶地板，问出了与当年相同的问题：孩子是不是正常的？他们的眼神藏不住焦急的期待，因为他们害怕再次生下残疾的孩子，但却比谁都期盼那个孩子的到来。

医生仔细地检查了超声报告单，然后对他们宣布："一切正常。"这几个字，他们已经太久没有听到了，他们甚至怀疑听错了，不敢相信自己的理解是正确的，要求医生再说一遍。医生笑了。从前，他们的遭遇很不幸。但是，妈妈能在四十多岁的高龄再度怀孕，这可是天大的运气。幸与不幸，总归是要平衡的。医生一边说着，一边陪他们走到了门口。他看起来非常感慨，仔细叮嘱妈妈接下来的各项检查。他告诉她，在这次怀孕期间，她必须接受严格的监控。经过了十年的发展，医学影像已经能够检查出胎儿的畸形了。然后，他清了清嗓子，表情郑重地对他们说，在给他们的第三个孩子做脑部扫描时，他对他们隐瞒了一件事，"一个不同寻常的孩子会带来异常艰难的考验，大部分家庭都因此而破裂了"。

现在，那个孩子出生了，是个男孩子。

他将会是最后一个。

他诞生在悲剧之后。所以，他再也无权制造悲剧了。

他是个无可挑剔的好孩子。他不爱哭，就算难受也不吵不闹，不需要大人总是陪在身边，不怎么害怕打雷闪电，无论做什么都是一副乐呵呵的笑脸。他的存在宽慰了父母，他肯定会健康地成长。只有这样，才能弥补先前的遗憾。

他的童年承载着父母紧张而痛苦的关注。有时，妈妈会突然问他，你看得见厨房里的果盘吗？看得见果盘里的橘子吗？他看了一眼，然后就转头对妈妈说："看得见呀！我当然看得见橘子啦！"听到这话，妈妈的脸上便会露出笑容。但那笑容仿佛历尽了沧桑，才与她久别重逢。他希望妈妈能笑得更开心，所以他天真地说个不停：那个小橘子看起来软软的，可是它的果皮颜色有点深，嗯……它不怎么圆，底下还垫着好几个苹果呢，我看它快掉下去了！哎！它没有掉下去……他可爱的模样终于把妈妈逗得哈哈大笑了。

在父母的感叹声中，他渐渐地长大了。家中的一面墙上贴满了他的照片：他第一次走路，第一次说话，第一次拿东西。这一道道时光的痕迹令父母的心终于恢复了平静。他们已经十分确定，那个孩子一切正常。因为他走路稳稳当当，说话声音响亮，看东西一清二楚。他成长的每一个时刻都被记录在照片里，成为证据，证明他是个正常的孩子。

弟弟知道，自己在这世上并非独来独往。他的出生笼罩着一位逝者的阴影，这道阴影与他相伴相随。出乎我们意料的是，对于这场强加的羁绊，他并没有反抗，而是将它融入了自己的生活。所以他慢慢知道了，自己曾有个残疾的哥哥，一直活到了十岁。尽管已经不在人世，但那个孩子永远都是这个家的一分子。

时常，他会受到一股老成的直觉指引，在半夜里突然醒来。在这个家中，再也没有人睡得安稳了，因为睡眠是痛苦的载体，睡梦中总是充斥着斑驳的回忆。一走出房门，他就发现自己的直觉是对的。那时，他要么撞见爸爸坐在早已熄灭的壁炉前，心不在焉地翻一本杂志；要么发现妈妈坐在沙发上，空洞的眼神四处游荡。于是，他来到他们身边，轻声地随意聊些什么，或是沉默地陪他们坐着。偶尔，他会为他们端来一杯桑葚果茶，对他们说说学校里的趣闻，或是合作社里的新鲜事。他体贴入微地陪伴着他们，就像一个成熟的大人照顾着生病难受的孩子。他当然知道，这不该是他的任务。可他同样知道，命运轻易就能颠覆一切，人只能不断地适应。对于这份沉重的使命，他默不作声地接受了，仿佛这是命中注定的。因为啊，他是个心怀善意的孩子，看见一缕阳光也会面露微笑。可我们这些石头总有些一厢情愿，觉得那是为我们而发出的笑容。许多人觉得他懵懂无知，这世上哪有人对着石头傻笑呢？但是，我们看到的却是一种高贵的亲和力，这令他勇敢自信，令他为人坦荡，这是多么难得的品质！正因为这份亲和力，他才拥有了独立的个性，他才能遇事冷静，他才能对直觉坚信不疑。正因为这坚强的个性，他才毫不犹豫地接受了生他养他的怪异家庭，一个伤痕累累但却勇敢团结的家庭。所以，他无微不至地照顾着父母，他对家人的爱胜过一切。

　　他们的关系不声不响，但却韧劲十足。只他们仨，就筑成了一个大大的窝。之后，他们用漫长的岁月来修补往昔的伤痕。作为家中最小的孩子，他承载着一家人重获新生的担子。这任务必然是繁重的，可他欣然接受了，接受了这个与生俱来的角色。

　　偶尔，爸爸会突然轻轻地揉他的头发。这唐突的动作看似不经意，但却暴露了爸爸心中的不安情绪，像是害怕那个孩子就此离去，一定要做些什么才能留住他，留住这最后一个孩子。因为他来之前，生活所剩的唯有苦难。若是他走了，这个家的希望也将荡然无存。可他恰到好处地来了。他是生命崭新的起点，也是骨肉亲情的延续。他是与过去的决裂，也是对未来的期许。比起从前的那个孩子，他的头发没有那么厚，瞳孔没有那么黑，睫毛也没有那么长。就算他知道那个孩子是残疾的，他也依然自愧不如。然而，他并没有感到难过，因为他对那个逝去的孩子怀有深深的善意与好奇。他多么希望能够认识、亲近那个孩子，可他也有自己的生活。他独自享受着父母悉心的照顾，独自享受着温馨的家庭时光。这些时光因他而生，不受任何回忆侵袭，也看不见某个小幽灵的踪迹。所以，他并不觉得错失了什么。

有时，爸爸会带他去砍柴。当电锯勤勤恳恳地工作时，那嗡嗡的噪声仿佛要将周围的空气也一同震碎。他喜欢看着锯片在木头边缘慢腾腾地磨蹭，再像切黄油一样狠狠地削进去。木块散落在地上，撞出了闷闷的声响。之后，他就负责收拾满地的小木块，爸爸则拎起下一截木头，稳稳地放到铁支架上。支架边的护栏上竖着一圈三角形的锯齿，看起来简直像骷髅头的下巴。当独轮车装满时，他就将车推向伐木棚，越过被虫蛀得坑坑洼洼的木门，再把木柴全都卸下来，均匀地摊在地上晾干。

他出神地望着满地的木头，发现其中一些贴着褪了色的标签。啊，他想到了，那应该是砍伐树木时标记的年份，1990年，1991年，1992年。原来，那个孩子已经离开这么多年了。

时常，爸爸会帮他戴上帽子和手套，然后带他出门去做些修修补补的活计。这可是父子俩的一大乐趣：给家附近某一座低矮的建筑加高，给某一棵不安稳的树加固，或是给某一栋歪斜的小屋子纠偏。爸爸不但手把手地教他如何用干垒石砌一面墙，如何在河边搭一条阶梯，如何给房子装一块门扇、安一排栏杆、挂一条排水槽或是建一个小小的露台，还带着他逛遍了城里的装修超市。每一次，当他们路过一个大型的广告牌时，他都能感觉爸爸会突然僵住。广告牌的主角是一个可以遮风避雨的屋顶，画面上是一望无垠的绿地，正中央是一栋瓦顶的房子与一扇大大的铁门。他马上就联想到，牧场上的一栋房子，肯定在他们与孩子的旧日时光中占有一席之地。然而，这难以察觉的僵硬对他而言并不陌生，因为他早就在生活中发现了蛛丝马迹。每当妈妈在厨房里煮蔬菜泥时，她的表情就会变得有些古怪。某一天，在装修超市的停车场里，他和爸爸正要走进去。这时，他看见一位女士在不远处摆弄一辆婴儿车。或许是折叠机关太灵敏了，婴儿车倏地展开了，橡胶车轮嘭的一声撞上了路面。爸爸顿时吓了一大跳，他仿佛听到了恍如隔世的声音。那一瞬间，他下意识地扫视整个停车场，想要搜寻声音的来源。弟弟想，爸爸是不是在找那个孩子的婴儿车？他是不是以为大家刚要把孩子抱进车里，结果车突然坏了？很快，爸爸回过神来，他迅速地低下头，穿过了超市的旋转栏。弟弟静静地盯着这一幕，一秒都没有错过。

爸爸开着车，带着他和后备箱里满满的工具回家了。他们享受着当下的宁静时光，期待着接下来的大显身手。当车子下了坡快到村口时，爸爸出其不意地对他发起了竞答游戏。

——如果我想手动拧螺丝，那我需要用到哪一种工具呢？

——圆头螺丝刀。

——很好，我需要几个步骤呢？

——三个步骤。

——我需要哪些丝锥呢？

——粗丝锥、半精丝锥和精丝锥。

——我怎么才能认出精丝锥呢？

——方形柄上没有拉丝的那个就是啦。

竞答完毕。爸爸继续安静地驾驶，弟弟则继续看着窗外的树木飞驰而过。

他们选择了一段阳光充沛的梯墙，种上了一排竹子，期待着能继承外婆的看家本领。可这位传说中的外婆，弟弟从来都没有见过。此刻，父子俩动作轻快，配合得默契十足，互相传递工具的模样像在演绎一场没有配乐的芭蕾舞。爸爸满头大汗，汗水甚至流进了他的眼睛，他就用手上破旧的手套随意抹了抹。看着阳光渗进土壤里，弟弟默默地想，是不是因为这样，土地才有了孕育生命的能力？环顾四周，群山发出了千百种声音，时而尖锐刺耳，时而狂暴咆哮，时而低声呢喃，时而簌簌作响，时而轰隆雷鸣。那个只有听觉的孩子，是否曾感受到这气象万千的山？是否曾以为山中有神秘的女巫，有高贵的公主，有温柔的食人魔，有凶残的野兽，还有远古的神明？

　　弟弟感受着自己与大山的心有灵犀。他知道有朝一日，人类的建造将毁于一旦，山上的梯墙会被洪水冲垮，而顽强的树木却能在石头上生长，还能将周围的植被破坏殆尽。他知道这些都是无可避免的。可他同样知道，暖春四月天，毛茛会用嫩黄的花朵点缀绿地；盛夏七月时，松鸦会来啄食新鲜的无花果；金秋十月里，人们会成群结伴地采集刚落地的甘栗。平日里，若是见到地上有块石头，他就顺手搬走，因为他知道石头底下有无数渺小的生命。他为什么知道呢？因为他总和我们这些石头打交道，知道我们底下的空隙能为弱小的生命遮风避雨。他甚至会在地上挖出个洞，少说也有十五厘米，再找块平滑的石头盖上去。你猜他这么做是为了什么？

他想让壁虎躲在石头底下安心地产卵！在所有动物当中，他最喜欢的是球马陆，因为它们遇到危险时总是滚成一团，他觉得这反应棒极了！他时常心想，人类肯定是在模仿球马陆。每当碰巧遇上一只，他就将这团深灰色的小圆球裹在手心里。那时，他简直连呼吸都不敢用力了，直到将它轻轻地放到湿润的地上，才踮着脚尖悄悄地走开。

他无比敬爱大自然。他爱那些留下兽类足迹的石头，爱那片为鸟儿提供庇护的天空，爱那条令蟾蜍、水蛇、水蜘蛛与鳌虾乐在其中的河流。所以，他从来不觉得孤单。他想，那个孩子能够体验预期之外的岁月，必定是因为自然万物的陪伴。对他而言，这是合情合理的。若能生活在同一个时空，他们一定会不约而同地接受这片大山。

每天晚上，他都和爸爸妈妈一起吃晚餐。他喜欢和他们待在一起，喜欢看他们边聊边笑，喜欢听他们唠唠叨叨。在他们身边，气氛总是温情脉脉，连沉默的时刻都是自然而柔和的。妈妈总是提醒他喝水，给他递来肉和黑麦面包，劝他多吃几片佩拉尔栋奶酪[1]。一个人说着，其他人听着，间或补上一句"是吗？""艾斯佩鲁[2]美极了""啊，是荨麻[3]！太吓人了""莫扎格一家人都很亲切"。说到家里新添置的双向搅拌机，他们兴致盎然地讨论了起来，不知广告里标榜的四百五十转的速度究竟有多快。他突然想起，曾经有一次，他乱翻姐姐的抽屉，想要找一支长号时，无意间发现了一个标着"闲聊话题"几个大字的记事本，本子里记录着五花八门的新闻资讯。他当时惊讶极了。因为他和父母吃饭时，从不需要准备什么"聊天话题"，他们总能聊得非常起劲。想到这儿，他体会到了一种不为人知的满足感。你觉得他傲慢？不，他并没有得意忘形，他知道自己的存在宽慰了父母，所以他偷偷地感到心满意足。对于受过伤的家人来说，这样的安心是种无言的幸福。

---

1 佩拉尔栋奶酪（pélardon），塞文山区特产的一种山羊奶酪。
2 艾斯佩鲁（Espérou），塞文山脉在加尔省境内的一个小山村，靠近普拉特佩罗滑雪场（Station Prat Peyrot）。
3 触碰时会有刺痛感。

哥哥和姐姐出现在绝大多数话题里。他们并不在场，可他们随时都能参与其中。通过电话与书信，家人知道了他们近期的生活。有了移动电话之后，他们之间的联系就方便多了。听爸爸妈妈说，哥哥在企业里找到了一份很好的工作。他工作时西装革履，上下班搭乘公交车，住着一套舒适的公寓。可是，他一直孤身一人，没有恋人，也没什么朋友。每当父母说起哥哥，总是显得小心翼翼，像在触摸一个易碎的水晶花瓶。

　　而他的姐姐呢，则是一直待在葡萄牙，可惜她已经放弃了葡语文学。爸爸说，姐姐应该是受够了，她从来就不喜欢上学。最近，她正考虑开办一家法语培训学校。她人缘极好，朋友们的邀约应接不暇。她也住着一套公寓，边上是个窄窄的斜坡，附近有一家唱片行。那位卖唱片的先生与她交往密切，后来他们终于成了恋人，生活在一起。姐姐不怎么给家里打电话，她似乎处在热恋之中。"她重获新生了。"妈妈说这话时，脸上带着欣慰的笑容。可是，弟弟在心中默默地想，重生？那不是意味着她曾经历过死亡？从这些不经意的细枝末节之中，他隐约探到了自己一无所知的沧桑过往。

在表面的相安无事之下，他的心中冒出了数不清的疑问。他无时无刻不在想，你们是什么时候发现的？你们当时是不是很伤心？我的小哥哥每天都在做些什么？他身上有没有味道？他平时都怎么吃东西？他能不能看见你们？能不能走路？他会不会思考？会不会难过？你们呢？

在他的内心深处，他称孩子为"另一个我"。因为在他的想象之中，孩子就像是他的孪生兄弟，所以那应该是一个与他如出一辙的人，一个与他感同身受的人，一个毫无攻击性的人，一个动不动就躲起来的人，就像他心爱的球马陆一样。

弟弟日夜想念着他的小哥哥。他从不曾亲眼见过哥哥，他多希望能见上一面，闻闻哥哥身上的味道，抚摸哥哥弱不禁风的身躯。这样，他就能和家人平起平坐了，他就能满足自己对哥哥深切的、真诚的亲近了。哪怕见到的是一个瘫软无力的哥哥，他也毫不介意。因为，他爱这世上所有弱势的人和弱小的动物。只要在这些弱者身边，他就感受不到他人的指指点点。可他小小年纪，为什么要如此诚惶诚恐呢？他想不明白，只能暗自猜测，或许是因为他的哥哥、姐姐甚至父母经历过伤人的流言蜚语。当好奇的目光不断地落在推车里、当旁人的平凡显得咄咄逼人时，他的家人一定蒙受了深深的耻辱，他们或许因此而背上了强烈的负罪感。他想，这份耻辱似乎通过血缘传递到了他的内心。可即便如此，他还是想将哥哥紧紧地搂在怀里，为他挡风遮雨。为什么会如此怀念一个早已逝去的人呢？他无法回答，这个问题几乎令他感到眩晕。

在妈妈床边的夜灯背后的那面墙上，贴着一张照片。照片里，一个孩子躺在院子阴凉处的大垫子上。照片是从下往上拍的，拍照的人肯定趴在了地上，那应该是哥哥。在厚厚的垫子上，他看见一对瘦骨嶙峋的膝盖，那不正常的弯曲模样会令人不由自主地想，躺着的人或许故意把腿叉开了。孩子的手臂也有些弯曲，但那两只小手又像婴儿一样握成了小拳头。他的手腕纤细，裹在洁白的皮肤里，如同一根"被白雪覆盖的小树枝"。一时之间，弟弟只想到了这样的形容。孩子有着精致的轮廓与苍白的面色，圆润的脸颊上方有两弯长长的睫毛，还有一头厚厚的头发。在照片下方的角落里，有一只模糊不清的手。他一下就认出来了，那是姐姐的手。

照片记录的是一个周日的午后。在照片的后方，他看见了围墙外的群山。山肩稳稳当当地耸立着，而山顶蓄势待发地伸向天空。他看见了照片里的一片安宁，但也看见了一些怪异——比如正中央那双弯曲畸形的腿，那截无力支撑的颈子和喜怒无常的命运。

每天夜里，当他走进父母的卧室，给妈妈一个晚安吻时，都会提心吊胆地朝照片瞄一眼。他多想正大光明地打量，可他又不敢，总是畏畏缩缩的模样。有好几次，妈妈心平气和地问他要不要提些问题。可是，他心中的疑惑实在是太多了，根本就无从说起，他只能放弃了。他不敢承认自己害怕见到妈妈悲伤的神情，害怕那些回忆会令她再一次露出忧郁的笑容，就像紧随着看不看得见橘子的问题而来的苦涩微笑。他不愿冒失地问她，如果小哥哥没有死，我还会被生下来吗？他只是紧紧地抱着她，无声地许下了承诺，要一辈子守护这个家。他闭上了双眼，将自己深深地埋在妈妈的颈间。

在学校里，弟弟成绩优异。然而，他对老师的讲授兴趣寥寥，觉得内容死板、形式教条，浅显得颇有些可笑。唯有历史除外，这是他打心眼里喜欢的学科。他能记下从古至今的所有大事件，能仔细钻研某一段历史时期，还能说出故事背后的是非曲折。在泱泱的历史星河里，他最喜欢的是中世纪。当他知道那个时代的人习惯给家里的钟或是随身带的剑取名字时，他就像是遇到了知音，因为他也喜欢为石头命名！从那时起，少年人便开始发挥天马行空的想象力，赋予了我们从未奢求过的身份标识，给我们起了"卡提纳[1]""奥特克莱尔[2]""咎瓦尤

---

1 卡提纳，《罗兰之歌》中丹麦人奥吉尔的佩剑，又称"慈悲之剑"。
2 奥特克莱尔，《罗兰之歌》中圣骑士奥利维的佩剑。

斯[1]"之类响当当的名号。院子里的这一堵墙,似乎幻化成
了史诗英雄的传奇兵器谱。

在小学的那几年里,他兴致盎然地阅读历史,从维
京海盗的大肆入侵一路读到了二战之后的百废待兴。从
第一个重要的事件开始,他就感受到了一种强烈的幸福,
就像是进入了一个完全陌生的国度。所以,他需要学习
一门新的语言,要了解别样的饮食,要体会不同的情感,
更要换一种方式来思考自己和空间的联系。学习历史,
是一场游荡于未知陆地的旅行,这恰好契合了他当下的
心境。他似乎变成了历史长河中不可或缺的一环,徜徉
于这场盛大的法兰多拉舞[2]。在他之前,世界早已在一片轻
歌曼舞中呈现出了轮廓。他体会着成千上万个已经到来
或是即将发生的事件,体会着身临其境的感觉。因为只
有这样,他才能逃离"最后一个"的宿命。偶尔,他会
用指尖轻轻地触摸我们。那郑重其事的模样,就像在膜

---

1 咎瓦尤斯,《罗兰之歌》中查理曼的佩刀,又被称为"黄金之
　剑""欢悦之剑"。
2 原文为farandole,普罗旺斯地区的传统舞蹈,舞者们手牵着手形
　成壮观的圆圈。

拜祖辈的遗迹。而石头，的的确确是时光最珍贵的典籍。这些微小的动作，这些细腻的心思，他从没有对任何人说起。

在他与同龄人之间，横亘着一条无形的界线。他似乎轻易就能看透他人的内在，轻易就能捕捉到他人忧郁的眼神、期盼的心态、自卑的情绪、隐秘的爱恨或是恐惧。他的直觉就像动物的嗅觉一样灵敏，可他始终保持着得体的言行。他心中懵懵懂懂地想，若是表现得过于敏感，必定会遭到他人排挤。

很快，弟弟注意到一个孤僻的同龄男孩。他可能住在另一个山谷，也可能刚搬来不久，总之是个没人搭理的可怜虫。此刻，弟弟正冷眼旁观，看大家如何戏弄他，同时在心里掂量见义勇为的代价。有人抢走了他的围巾，揉成了一团，在人群里丢来丢去。男孩追着围巾跑，他抻直了手奋力往上跳，可围巾被扔得太高了，他怎么都够不着。这时，说巧不巧，围巾落到了弟弟手里。他多想遵从内心的善意，帮助这个受欺负的孩子。然而，当他抬头看见男孩朝自己猛扑过来时，他还是下意识地选择了随波逐流。于是，弟弟摆出了一副用尽全力的架势，将围巾狠狠地抛向了另一边。男孩猛地转过身，一不小心脚下打滑，重重地摔倒在地。他疼得爬不起来，趴在地上号啕大哭。可与此同时，整个操场都回荡着不怀好意的嗤笑声。

这一幕萦绕在他的脑海里，久久无法散去。于是晚上，就到了他的梦里。他吓醒了，马上跑下楼，坐在大半夜还在翻装修杂志（这是常态）的爸爸身边。他恨这一幕，接着开始恨自己。他悔恨莫及地想，他要是狮心王理查，就绝不会这么窝囊！那个男孩委屈的号哭声，他听得一清二楚，清楚得像男孩此刻就站在他身后，站在这个客厅里。所以第二天，他就自然而然地回归了天性，遵从了内心的声音。他在教室门口守着。等到那个男孩终于来了，他便解下自己的围巾，当着众人的面递了过去。那一刻，他听见周围迸发出一阵"叛徒"的怒斥声。然而，那个男孩并不愿意接受。于是乎，他的围巾就像一条被人丢弃的缎带，沉沉地落到了走廊的地面上。他想，我完全搞砸了。我不但没有得到新的友谊，反而失去了一些旧的朋友。虽然心中有些遗憾，可他又感到分外平静。他知道自己与大家不同，与眼前这个被视作异类的男孩也不同。所以，他应该正视自己。但与此同时，他也必须时刻保持警惕。

　　平日里，他喜欢琢磨一些无人问津的玩意。比方说，学校的操场和外面的马路隔着的那面石头墙。他可以一动不动地盯着这面墙，认真地思索如何才能把墙的缺口全都补上。那时，爸爸教他砌墙时提到的丁砖、木托板、衬垫或是隔墙板，那些他熟记于心、朗朗上口的词句，就在他的脑海里转个不停。他渴望着亲近面前的石头墙，渴望着毫无距离地贴上去，渴望着让自己"站着平躺"，但他最终还是克制住了。为了回归集体，为了补救之前的围巾插曲，他不得不表现出过于显眼的善意。大家玩球，那他也玩球。大家做什么，他都乐呵呵地跟着。归根结底，是因为他对外人始终有所保留，所以必须打起十二分精神，才能与人打成一片，才能避免撕破脸。在必要时，他才发表意见。在课间休息时，他就负责插科打诨。在食堂排队时，他在心中默默地背诵十字军东征的路线，可他面上依然滴水不漏。他是个成绩优异的好学生，为了不受排挤，他不时就表现出一些蛮横粗鲁的言行。但是，即便他个性慷慨，也无法容忍不公正，这是他唯一的底线。所以这一天，当大家再次欺负那个男孩时，他终于还是站了出来。与此同时，他给自己提了个醒，决不能表现得太过。可他坚持认为，大家不应该欺负一个孤零零的人。表态时，他声线冰冷，语调毫无起伏，瞬间就压制住了众人的叫嚣。这副冷酷的模样甚至为他增添了一丝威严，令他顿时有些手足无措了。他不会告诉任何人，在男孩遭受欺负的那一刻，他想到了他的小哥哥。他根本不敢往下想，这毫无分寸的恶意会如何对待他异于常人的哥哥。

之后的某一天，他邀请了一群同学来到家里，那个男孩也来了。对父母而言，这是阔别已久的热闹场面，因为他的哥哥姐姐早就放弃了呼朋引伴的权力。妈妈买了好些饮料，热情地招待大家。爸爸制作了许多高跷，让满屋的大孩子踩着玩。他看见那个男孩也跃跃欲试地绑上了。但或许是缚得太紧了些，还没走两步，男孩竟然直挺挺地倒了下去。大家顿时哄堂大笑。弟弟对满屋的嬉闹毫不在意，他心中不由自主地充满了柔软的情绪，他觉得妈妈也和他一样。她把男孩扶起来，又帮他掸了掸T恤。她面带微笑，看起来是那么地幸福、那么地无忧无虑。她沉浸在孩子们的吵闹声中，满心欢喜地送上各种吃的，再高高兴兴地带他们玩游戏。弟弟心想，家里多久没有这么热闹过了？自从有了他，生命中所有无关紧要的事都变得与众不同了。举办一次生日宴，参加一场学校庆典，收到一份成绩单，甚至连报名学习射箭，都显得意义非凡。因为要学射箭，就必须站得直，看得见靶子，抓得住弓箭，听得懂指令。对于那个逝去的孩子来说，这一切都是遥不可及的。正因如此，这些平凡的时刻才背负着沉重的过往，但又承载着父母的幸福。这个想法让他万分得意，几乎使他荣登救世主的宝座。可与此同时，这又令他倍感煎熬。因为他知道，自己是个厚颜无耻的篡位者，他只能在心中默默地向哥哥道歉。对不起，占了你的位置；对不起，我的身体是正常的；对不起，你已经不在了，但是我还活着。

有些犯懒的早晨，他喜欢赖在床上。他先是松了松脖子。之后，他慢慢地屈膝，再将腿抻直，将膝盖紧紧地贴着床。他悄无声息地溜进了那个孩子的躯壳，想要体会他的日常感受。他就这样安安静静地躺着，眼珠子四处转动，耳朵捕捉着细微的声响。他听见了如绸缎般丝滑的水流声，听见了天花板上一只窜来窜去的睡鼠轻轻的抓挠声。他沉浸在声音的王国里。过了好一会儿，他听见妈妈喊他了。

假期时，哥哥姐姐会回到家里。这时，他迫不及待地向他们展示自己和爸爸合力完成的"杰作"。他把哥哥姐姐领到伐木棚里，一本正经地演示如何使用一台砂轮机。当他突然加快转速时，他们俩像是吓了一跳，倏地往后退了一小步。他得意扬扬，嘴里欢快地吆喝着，好嘞！锋利的刀片来咯！

"把东西收拾好。"哥哥轻声地提醒他。

他喜欢和哥哥姐姐见面。但在几周之后，他们离开家时，他还是松了一口气，因为他又能独享自己的安乐窝了。假期里，他愿意把窝让出来，安安静静地当个陪衬。毕竟，在大人的对话中，他也没什么可说的。他并没有感到不自在，因为他知道这是暂时的。况且，哥哥和姐姐的童年充满了遗憾，他却从不曾经历过，所以他愿意时不时把窝让给他们。每当他们聊天时，他就钻进姐姐怀里，坐在她腿上。他的姐姐长得漂亮，个性开朗，还会做各种好吃的！她在葡萄牙学到了许多甜品方子，每一样都令他赞不绝口，她简直就是橙味华夫饼女王！她为大家带来了一个欢声笑语的世界。在那里，有崭新的语言，有另类的生活节奏，还有独特的气候。她让家人认识了一座蓝天与黄墙交相辉映的城市。在那座城市里，矗立着一个巨大的升降梯，到处都是修道院。说着说着，她总是亲昵地喊他"我的小巫师"。

姐姐对他是那么地温柔，总是爱不释手地抱着他。

不像可恶的哥哥，从来都不肯抱他，甚至不肯碰到他！当姐姐将他搂在怀里时，总是用手护着他的后颈。有时，她抱得太紧了，仿佛一松手，他就会消失不见了。

时常，他会和姐姐一起在山间散步。姐姐会向他讲述童年的故事。每一次，她都从"我小时候"这句话说起。那时，他便感到一阵揪心。他是多么想要见到年幼的她，多么希望代替那个已经不在的人，多么渴望成为她唯一的弟弟。他知道，他的家人心中埋藏着千疮百孔的回忆。正因为如此，他才那么偏爱历史，因为他始终无法触及家人的心酸往事，无法分担一路上的曲折，无法体会那些艰辛的时刻。当然，还有那些苦难，那些他一无所知，但却每时每刻都在纠缠着家人的无尽苦难。

他出生前，已经有了哥哥和姐姐。无论是否还活着，他们都先来到了世上。唯独他，被困在了命运的末端。

面对姐姐，他终于可以问起那个孩子了。你们是什么时候发现的？我的小哥哥每天都在做些什么？他身上有没有味道？你们当时是不是很伤心？他平时都怎么吃东西？他能不能看见你们？能不能走路？他会不会思考？会不会难过？你们呢？

　　他们一前一后地走在羊群牧道上，看不见彼此。姐姐迈着豪放的步子，就像在践踏脚下的山。看着她前进的姿态，他察觉出了一股隐约的怒意，但这怒意之中又蕴含着勃勃生机。何以见得？因为姐姐迅速地学会了葡萄牙语，身边总是围绕着数不清的爱慕者。不仅如此，她还阅读各种类型的书，结交五湖四海的朋友，熟悉里斯本的每一家酒吧和每一个角落。她欣欣然地拥抱当下的生活，迎接未来的变化。姐姐说，她喜欢坐咖啡馆露天的座位，当一个人群之中的无名之辈。她一边喝咖啡，一边观察周围，看人们沟通表达、来来往往。她原以为，人群像大自然一样无情。哪怕有人正经受着残酷的折磨，人群照样熙熙攘攘，大山依旧岿然不动。长久以来，这种冷漠令她愤怒无比。但现在，这使她感到平静，因为她体会出了一种不加评判的接纳。他听见姐姐轻声说，命运无常。好运或是厄运，原因无处寻觅。所以，我们没有必要怪罪自己。

偶尔，她会突然说几句葡语，那圆润的、低沉的音色令他喜欢极了。这世上有各种各样的语言，有些欢快，有些刺耳。葡萄牙语却是与众不同的，因为它总是向内收敛，总是在喉咙里遮遮掩掩，似乎要在越过嘴唇之前，重温说话人的心，以至于没有一个词听起来是完整的。然而，这些葡语词并不在乎发音是否清晰，只是迫切地想要回到温暖的身体里，就像那些与孤独相伴的羞涩人群。弟弟心想，这是种内敛的语言，与姐姐的心不谋而合。除此之外，她不可能有其他选择了。

姐姐回应了他的疑惑。所以他终于知道了，哥哥时常把那个孩子带到河边，让他躺在平坦的石滩上，自己坐在一旁阅读。他终于知道了牧场上的那栋疗养院，里面住着悉心照顾孩子的嬷嬷。他终于知道了孩子双脚弯曲、上颚塌陷，可脸颊却圆润可爱。他终于知道了不时发作的痉挛和霰粒肿，家人习以为常的德巴金、氯硝西泮与利福霉素，随时包着的尿布，三餐吃的蔬菜泥，每天穿的紫色睡衣。他终于知道了那个孩子天真的笑容与纯净的笑声。他终于知道了他人不加掩饰的残酷眼神，知道了那些遥不可及的过往。他终于知道了自己为什么会来到这世上。偶尔，姐姐也会说起爱穿和服的外婆，说起那座名唤"卡拉帕蒂拉"的滨海小镇，说起那颗木溜溜球，说起被海风吹弯了腰的树，说起外婆内心的宽宏。说着说着，她总不忘训斥他几句，因为他一直慢慢悠悠，到处倒腾小石头，到处搜寻球马陆。

时常，他们会顺着羊群牧道溜达，一直逛到菲格罗尔、拉琼斯、瓦朗山口、佩士凡或是玛尔默特，找到羊群出发的地方。一路上，姐姐总能找出野猪藏匿的窝，还能根据窝的位置来识别风向。她信誓旦旦地说，褥草若是铺在朝南的山坡上，那就是为了抵御凛冽的北风。看着她，弟弟仿佛看到了传说中的外婆，正气定神闲地展示她的风向学说。

他们跨过了清澈见底的潺潺溪流，走过了布满白色欧石楠的山间小道，偶尔在石子路上打滑，被边上的荆棘划伤肌肤。他们已经能够熟练地控制气息和脚步。当他们终于攀上高高的观景台时，眼前的万里晴空与远处的广阔山脊在一瞬间尽收眼底。弟弟感到一阵轻快，他终于可以卸下心中繁重的思绪了。还有什么是不能放下的？生活应该像眼前的风景一样明朗，这是个再简单不过的道理：他活着，可那个孩子已经不在了。他这么想着，心中不再悲戚，也不再忧郁。我在这儿，而你在别处，这是独一无二的陪伴，也是永不消逝的牵挂。

有一次，他们躲在羊圈边上填饱肚子。吃着吃着，竟然见到了一群奔腾而过的野马。这些神奇的时刻，伴随着羊脖子上的铃铛声、它们的咩咩叫声与马儿驰骋的嘶鸣声，一同留在了他们的记忆之中。除了动物的声音，他们还记住了各种气味，像是金雀花的芬芳、泥土的湿润和干稻草的清香。每一种体验，都值得他浮想联翩。他总是想象着，在几个世纪之前，这里应当有着同样鲜活的声音、灿烂的阳光与清新的气息。因为他知道，大自然的美好永远不会消逝，中世纪的朝圣者看到的应当也是这满目金黄的秋日：漫山的杨树挂满金色，就像一根根燃烧的火炬；低矮的灌木丛延绵不绝，如同千万个鲜红的火点。大山像是披着一件金灿灿的外套，上面点缀着些许绿意。在这金秋十月的山间，他似乎落入了令人神魂颠倒的色彩王国。此时，他仿佛嗅到了一股温热的奶味，听到了一个孩子咿咿呀呀的声音，看到了那个男孩终于踩上高跷时幸福的笑脸。他心满意足地闭上了双眼。随后，他站起身，朝姐姐比了个手势。他们再一次出发了。他看着姐姐瘦削的肩膀随着步伐起伏，厚厚的头发在肩头不住地跳跃。

在返程途中，他们经过了一棵长在岩石上的雪松。树木细长挺直，但却形单影只。这时，姐姐停下了脚步，突然开口说道：

"这棵树，活得比谁都坚强。"

他看着她转过头，看着她的轮廓映在沉沉的黄昏中。他听见她说：

"你要和它一样。"

姐姐身手矫健，个性幽默，脑子里满是古灵精怪的想法。她对生活的热情，仿佛是久别重逢的欣喜。然而，在谈到恋情时，她却意外地沉默了。弟弟看着她稳健的步伐，听着她平静的呼吸。过了片刻，他终于听到了她的声音，听她说起了唱片店中的相遇。那个男孩等待她，理解她，"治愈"她。那个男孩让她知道，当她爱着某个人时，不必害怕心爱的人遭逢厄运；当她付出时，无须担心失去。那个男孩让她知道，人可以轻轻松松地活着，诚惶诚恐是没有必要的。她说，这就是爱教会我的，也是我们的哥哥没能学会的。我们的哥哥，她喃喃道，他已经放弃了。

这一趟徒步之行让他的内心震惊不已。在随后的日子里，姐姐的话始终萦绕在他心头，肆意地徘徊在他的脑海里。到了晚餐的时候，他看着哥哥沉静的表情与温柔的动作，可他的目光变了。为什么哥哥曾经那么悉心地照顾那个孩子，现在却对我视而不见呢？终于有一天，当爸爸给大家盛汤时，他直截了当地问哥哥，为什么现在不爱阅读了？哥哥没有回答，只是面带苦涩地笑了笑。又是这样！哥哥回应他的永远就只有忧郁的微笑，可他现在变得贪心了，他想要更多。于是，他鼓足了勇气，理直气壮地说："'书'（livre）和'自由的'（libre）这两个词，只有一个字母是不同的。如果你再也不看书了，那只能说明你失去了自由，完全被禁锢住了。"

爸爸手持汤勺的动作忽然僵住了，姐姐和妈妈迅速交换了眼神。然而，哥哥的表情波澜不惊。他放下手中的餐叉，抬起沉郁的双眼，语气严厉地说：

"过去，家里有一个被禁锢住的孩子。他的身体几乎不能动弹，可他教会了我们许多道理。你没有资格在这里说教。"

一瞬间，他几乎把头埋进了餐盘里，羞愧得恨不能马上消失。此时此刻，他似乎感觉到，那个孩子的鬼魂正盘旋在餐桌上方。他简直难以置信，一缕幽魂怎么会有这么重的分量。他在脑海中对那个逝去的孩子恨恨地说："你连生活都适应不了，为什么还能兴风作浪……你肯定拥有巫术，你才是小巫师！"

平日里，弟弟喜欢偷偷地跟那个孩子说话。出于直觉，他总是选择简单的、温和的词，像是在低声哄一个小宝宝，可他讲述的却是狮心王理查之死与中世纪的骑士准则。要是站在远处，没人猜得到他在做什么。时常，他向那个孩子描述自己的视野，给每一种颜色都配上不同的声线，再为那个孩子传递周围的味道。不仅如此，他还向那个孩子展示自己的秘密空间，并信心满满地期待这位知音的理解。他有他的道理。毕竟，只有不同寻常的人才能领悟不同寻常的认知。他多想见到那个孩子啊！他的姐姐已经无数次提到那丰盈柔嫩的肌肤，提到哥哥爱不释手的脸颊。他想象着那个孩子粉白透亮的胸膛、血管青白的手腕、纤细伶仃的脚踝，还有那双从未着地的粉色脚丫子。偶尔，他会走进那间已经改造成书房的卧房，里面还保留着那张白色小床。他用手贴着床垫，大约是那个孩子脑袋曾经枕着的地方，闭上了双眼。他似乎听见了一串欢快的、清脆的声音，那是那个孩子的微笑。他似乎闻到了那个孩子脖颈的微微汗意、身上的橙花香气与嘴里的蔬菜泥味。可他知道，只要动弹一下，哪怕只是想要触摸那苍白的肌肤和厚厚的头发，他的哥哥就会瞬间灰飞烟灭。想到这儿，他已经忍不住热泪盈眶了。

之后的某一天，他突然问起了那件紫色的睡衣。妈妈愣住了，半晌之后才告诉他，衣服早已经被哥哥带走了。

时光流逝，他的敏感愈演愈烈了。在这寂静的山中，绚丽的色彩令他创作出了荒谬的诗歌，灿烂的阳光更让他听见了凄厉的尖叫。到了昼长夜短的盛夏，晚上八点的光线依然锐利，他几乎忍不住要将耳朵捂上。环顾四周，葱茏的树荫奏出了一曲大提琴的咏叹调，而芬芳的花香简直拥有神奇的魔力，竟能重现早已消逝的圣咏。那个孩子是否闻过同样的味道？一定有，因为他的嗅觉是正常的。那他闻到了什么？弟弟永远不会知道了。他的心中有一股压抑不住的渴望，要将眼前的一切都告诉哥哥。他的身体充满了巨大的能量，这种能量源自爱与分享（在这一刻，他想起姐姐曾经告诉他，哥哥同样喜欢与那个孩子分享）。眼前缤纷的紫色、白色与黄色花蕊将他团团包围，那清新的香氛令他感受到了温柔的爱抚，令他瞬间就忆起了某一个地点，令他飘飘然地沉醉其间，连妈妈的连声叫唤都听不见了。他想要对孩子哥哥诉说世界的美好，可他脱口而出的也只有视线所及的蜀葵、紫薇和连翘。除此之外，他再也想不出其他词来形容绛紫色、粉白色与明黄色了。这些颜色明明在他心中大放异彩，甚至奏起了一曲疯狂的交响乐，可随后却消融于口中一串单调的"蜀葵、紫薇、连翘"。"你记性真好！这些花儿，你居然都记得！"妈妈听见了他的自言自语，对他的过目不忘惊叹不已。"不，不是因为我记性好，"他回道，"是因为我一点也不敢忘记。"

比起同龄的孩子，他明显成熟多了。"我是同学里的领头羊，可我又是家里最小的孩子，这对我来说太不公平了。"在心理医生面前，他坦率地说出了心里话——父母意识到了他在同龄人中的格格不入，所以像对青春期的姐姐一样，带他去见心理医生。然而，他的坦诚却被医生当成了狂妄自负。他多想告诉医生，自己岂止九岁？他身体中的一部分已经活了一千年，而另一部分也渐渐苏醒了，可这份与众不同令他异常孤独。他多羡慕那些懵懵懂懂的同学啊，因为他们感受不到人世间的怜悯，也欣赏不了大自然的美丽。否则，他们怎么可能对天空中掠过的猛禽、对故事里英勇的骑士或是对食堂里热情的阿姨无动于衷呢？他们怎么可能对异彩纷呈的人间百态视若无睹呢？连那个被狠狠欺负过的男孩，都和曾经欺负他的家伙们玩在了一起，却唯独忽略了他的善意。除他之外，那些看起来孤独的人，也都自在不已。而他的"巫术"，最终却令他孑然一身。

　　他期盼着复活节假期，期盼着能向姐姐倾诉心事。但是，她没有回来，她和新恋人一起去旅行了。他很想念姐姐，想念她将自己搂在怀里的温柔姿势。不得已之下，他只好去缠着哥哥。至少，能跟哥哥聊聊也不错，只有心中痛苦的人才能理解他的千头万绪。可是，哥哥对他不理不睬，径直离开了饭桌，说要独自出去散步。

　　弟弟在后面偷偷跟着。哥哥没有走远，他走到了河边，停在了一片平坦的石滩上。他坐了下来，双臂环抱着膝盖，之后便一动不动了。弟弟躲在大树背后盯着他，心中不由自主地对那个孩子生出了一股嫉恨。"如果我也是残疾的，那哥哥就会照顾我了。"他自欺欺人地想着，可随即就被强烈的羞愧感给击溃了。他深深地低下了头。

夏季末的一个晚上，姐姐来了电话。当电话挂断的时候，妈妈的脸色一片惨白。她扶着餐桌，慢慢地坐了下来。过了一会儿，她清了清嗓子，向大家宣布姐姐怀孕了。"检查结果没有问题，一切正常。"她赶紧补了一句。爸爸站起身，一把将她搂进了怀里。弟弟呆若木鸡。他想，姐姐再也不会爱他了。那个即将出生的孩子将会取而代之，接过重生的担子。只要那个孩子一出生，就会夺走他在家中的位置。那个时候，他就什么也不是了。想到这儿，他突然站起身，从果篮里抓起一个橘子，冲出了房门。他使尽了浑身力气，将橘子狠狠地砸向我们。

这是他一生中唯一出格的举动。当他回到厨房时，看见了父母僵硬的脸色和忧虑的神情。他发誓再也不会这样了。

圣诞节来临时，兄妹仨撇开了一屋子热闹的喧嚣，来到了院子里。年长的叔伯过世了，堂兄弟们的孩子出生了，传统的演奏、圣歌合唱与一顿丰盛的筵席被保留了。

他们偷偷溜了出来。外面天寒地冻，他们只好把冻僵的后背靠在我们身上。一个堂兄正在调试相机，准备给这三兄妹拍张照。姐姐边说边笑，一只手抚过哥哥的背，另一只手扶着弟弟的脖颈。在看向镜头之后，他们仨静静地站着。这一幕被照片原封不动地记录了下来。

姐姐：她双手护着圆滚滚的肚子，脑袋靠向一旁。她的嘴唇红润，额头饱满，脸上带着微微的笑。她穿着一件灰色的高领毛衣，披着长长的头发。

哥哥：他环抱着双臂，直挺挺地站着。他的表情淡淡的，眼神却十分温柔，藏在细框眼镜之后。他身形瘦削，穿着一件高级白领式的衬衫，深色的头发剃得很短。

弟弟：他上身往前倾，像是要朝镜头走过去。圆圆的脸上绽放着一抹灿烂的笑容，笑里透露出一股狡黠劲儿。他笑得眯起了双眼，露出了一口洁白的牙，脑袋上顶着一头乱糟糟的浅色短发。

三个人都长着大大的杏眼，都有着黑黑的眼圈与深邃的眼眸，深邃得令人分不清瞳孔与虹膜。

每个人都分到了一张洗好的照片。当弟弟收到照片时，他想，在他的家庭合照上，孩子的数量始终是不变的。只不过，第三个孩子换人了。

在他的第一个外甥女出生之后，姐姐和他再次踏上了徒步之旅。他们重温了凉爽的清晨，展开了被叠得皱巴巴的地图，朝着远方的目的地抬了抬下巴，随后便出发了。他们走在羊群牧道上。他问姐姐，是否曾担心生出的是个残疾的孩子？姐姐走在他前面，头也不回地回答："你或许觉得不可思议，可我们确实不担心。"接着，她不紧不慢地解释道："我和桑德罗在这一点上早就明确了：万一宝宝有问题，我们就不会生下来。而且，人若是经历过最坏的，就不会那么害怕了。经历过，就熟悉了，就能想方设法地应对。人害怕，或多或少是因为前路未知。"和姐姐聊天时，他总是轻松自在的样子，他们的对话就只是些词语和句子，决不会令他想起某些画面或是声音。他可以随意问起她初为人母的心得、她的新居住地和她的新恋情。她身上发生的一切都是崭新的，新鲜事就不会令人产生恐惧了。还有，她是怎么克服照顾小宝宝的焦虑的呢？她是怎么学会那些姿势的呢？"你别忘了，就算我不怎么靠近，也陪伴了一个和婴儿没什么两样的孩子整整十年。况且，人只会记得自己付出的努力。结果有好有坏，可那些都是次要的，只有付出的努力是重要的。你看，桑德罗的父母在他很小的时候就分开了。他的父亲生活困苦，只能住在一个狭小的单间里。但直到现在，桑德罗都还记得那扇不知从哪儿找来的屏风，记得那张用泡沫床垫和小木框拼凑成的小床。他始终记得父亲为了给他一方天地而付出的努力。这样的父亲，远胜过一个只会往冰箱里塞鱼子酱，但却从不陪伴孩子的父亲。所以，在女儿出生之前，我就已经下定了决心，要像父母对我们那样全力以赴。从那一刻起，努力的结果已经不再重要了，重要的是我对自己的要求。在这个过程中，我得到了爱情，从此有了一份牵绊。"可是，她说自己并不打算结婚，"因为伴侣关系能带给我们最大的自由，这和社会强加于我们的概念是完全相反的。工作是循规蹈矩的，社会关系是条条框框的，只有伴侣关系能逃离标准。你会发现有些伴侣总是吵个不停，但一辈子都没有分开，另一些就只能安安静静地过日子。有些伴侣想要生儿育女，另一些就不愿意。有些把忠诚看得比什么都重，另一些或许毫不在意。同一件事，有些人觉得稀松平常，其他人或许会觉得荒诞不经，反过来也说得通。所以，这世上的伴侣怎么可能都是一个样呢？有多少伴侣就会有多少种标准。既然如此，我怎么会让如此宝贵的自由被一个死板的框架束缚住呢？这未免太可笑了！"说这话时，她声音喑哑，不时露出愤愤不平的表情。弟弟心想，是什么样的奇迹令她的人生如此响亮？在这些年里，究竟是什么样的历练令她的冲劲鲜活得像新生的一样？

他喜欢听姐姐说话。他觉得姐姐就像自己和哥哥，身体里隐藏着千百年的阅历。想到这奇怪的手足缘分，他自顾自地傻笑了起来。然后，他把这个稀奇古怪的想法告诉了姐姐，她不禁也笑了。至少，他觉得她笑了。因为在这条羊肠小道上，他只看得见她瘦削的背影。走在这样的山路上，人们只能独自前行。他想，山里的人与山里的路拥有同样的个性。

如同山里所有的孩子，他的童年时光轻快地流逝了。一月份时，他和同伴打打闹闹，一不小心掉进了冰冷的河里。之后，他第一次在磨坊里发现了一窝奶猫。他第一次认出了枪响，来自单发的贝加尔步枪，那是村民围猎野猪的武器。他第一次去山里搜寻狗獾、蝙蝠和狐狸，对一夜之间落光了叶子的杨树赞叹不已。在春夏相交之际，他将手伸出窗外，感受着不停落下的温热雨滴，欣赏着雨水织出的绵绵雨幕。盛夏里，他和爸爸一起为春天时搭建的石头墙加固。九月份时，在河岸边，他绕着燃烧枯枝的火堆跳舞，看着火焰不停地蹿起，听着火苗发出奏乐般的声音。

然而，有些事情从未改变。

比如，他始终在大山的陪伴下前行，始终对陪伴着他的大山赞叹不已。每当他感觉到、触碰到或是嗅到什么时，他都会想到那个孩子。时常，他会闭上双眼，专注地倾听周围的声音。他在心中对那个孩子说："小小巫师，若不是因为你，我怎么也想不到，闭上眼睛竟然是为了看得更清晰。"这个看不见的伙伴，就住在他的岁月里，凿出了他的思乡情绪。无论他走到哪儿，都迫不及待地想要回到那个孩子的身边。

和其他人待在一起时，他越来越难以掩饰自己的不同了。因为他深信，这里的山经历了漫长的岁月。因为他深信，人死之后灵魂依然存在。因为他深信，山中的熙熙攘攘千百年来不曾改变。因为他深信，每一个生灵都承载着前世的记忆。可是，如何能让他人也相信呢？这样的要求毕竟太严苛了。况且，若是说出了这些话，一定会让他人心生疑虑。人们对异类总是格外警惕，就像野兽捕捉猎物那么灵敏。在一节生物课上，老师要求学生们带着鱼来学习解剖。其他同学纷纷带来了海鲜店里的鱼块，而他竟然用塑料袋装来了一条活蹦乱跳的鳟鱼！大家目瞪口呆地看着他，他们完全不明白，在他心中，只有活着的才能被称为"鱼"。

他喜欢异想天开地造词。在他的脑海中，"牧羊人"变成了"牧绵羊人"，自己则是"造梦人"，那闪着蓝色光泽的粉色被命名为"布鲁兹"，动词变位表里还多出了一种"内心将来时"。可是，他只敢躲在那个孩子的卧室里，一边把手贴在床垫上，一边偷偷地将自己的"创作"告诉哥哥。当他轻轻地念出声时，那一个个音节仿佛变成了一只只蝴蝶、蛾子或是草蜻蜓，绕着床边转个不停。对于这奇迹般的体验，他由衷地感谢他的孩子哥哥。

学校考试的时候，他总是提前完成。他很聪明，所以他什么知识都记得住，什么难题都搞得懂。考完之后，他就不动声色地玩他的"创作"，再悄悄地记在心里。虽然他成绩优异，但并没有受到排挤，因为他对学校里的竞争毫不在意，甚至大大方方地将写好的作业借给同学。

而且，他还富有幽默感，这是他最安全的保护伞。他总能得心应手地模仿某个场景，还时常拿自己寻开心，所以连那些不怀好意的刺头也纷纷放下了敌意，被他逗得哈哈大笑。他人缘极好，总是不停地收到邀请，可他暂时还不会带同学来他的小窝。那可是个神圣的领域，这些毫无信仰的人怎么可能适应巫师的王国？

意识到自己的不同寻常之后，他就更想靠近那个孩子了。他当然知道，这样的联系是不可理喻的。可他必须承认，只有对着那个早逝的孩子说话时，他才不需要伪装。同样的感受也发生在他与动物相遇的时刻。当一只优哉游哉的蝙蝠落在他头上时，或是当他不小心踩到一只迷路的蟾蜍时，他没有露出一丝惊慌。那时，姐姐家的小姑娘们吓得大声尖叫。那只小小的蟾蜍没有动弹，可它炯炯的眼睛会因为每一声尖叫而微弱地转。他知道这刺耳的吵闹声令它很不舒服，于是他抓着它的背，在外甥女们满脸惊恐，但却寸步不落的跟随下，走到了河边，把这只不讨喜的小动物放回了水中。

当清晨的阳光绽放时，他会真诚地为林间的鸟儿感到高兴。他站在河边，闭上了双眼，侧耳倾听它们清脆的歌声。这些时候，姐姐不允许女儿们打搅他。她从来不说"他在休息"或是"他在思考"，她总是对女儿们说"他在呼吸"。

从此，他已经十分确定，自己为姐姐成为母亲而感到高兴。他看着她将女儿幼小的身体抱在怀里，想象着从前他们照顾那个孩子的情景。想着想着，他似乎闻到了藏在脖颈处的奶味，看到了那双紧握的小拳头，听到了新生哺乳动物的细小声音：吮吸声、打嗝声、小呼噜声与一阵阵短促的呼吸声。他爱极了小宝宝手舞足蹈的模样，那灵活的腕子就像在跳一支缓慢而紧促的巴厘岛舞。他心想，历史上有那么多赫赫有名的战士，可无论他们多么骁勇，在他们年幼时，必然曾有过手脚乱舞乱蹬的时刻。当他看到外甥女们开始牙牙学语或是蹒跚学步时，他就更能感受到他的家人经历过的痛苦。看着一个孩子滞留在婴儿时期，那该是多么沉重的苦难啊！他的命运避开了时光，可他的身体却不断地长，渐渐长成了一道令人不忍直视的伤痕。

之后他发现，姐姐的"不担心"是真的。无论女儿们发烧、咳嗽、呼吸不顺、起疹子还是肚子疼，她都不慌不忙，应对得游刃有余。所以，连责任心强、个性沉稳的桑德罗也对她分外依赖。可为什么，在经历了一个孩子的葬礼之后，她还能轻易地接受母亲的角色？难道是因为她生的都是女儿，她就想不起那个早夭的男孩了？或许吧，但又有什么关系呢？她已经是个完美的妈妈了。她照顾孩子时姿势娴熟，哄孩子时轻声细语，甚至还会唱摇篮曲呢！偶尔，他会感到有些遗憾，因为她从不在女儿面前展现古灵精怪的个性。就算她已经坚定得毫无畏惧了，他仍然希望她能松弛一些。可是，当他想起那个写满了"闲聊话题"的记事本时，那些劝说的话就一句都说不出口了。他敬爱姐姐，也愿意相信，现在的她已经再也不会害怕了。

而他，也不再害怕了，因为他守住了家中的位置。他的姐姐心思细腻，没有将任何一点属于他的关爱分给女儿。他们仍然一起在山中漫步、闲聊。他尊重她为人父母的意愿，不再苛求她的关注，也不再随意打听过去的事。唯一一次，当他们走在山里时，他道出了心中的疑惑，为什么她总是扶着孩子们的后颈，而不牵她们的手呢？为什么她搂着他时，也总是抚摸他的颈子呢？她没有立刻回答。待走出了好几步之后，她的声音才从背后传来。因为彼时，他们正走在无法并行的羊肠小道上。

"有一次，我想把那个孩子抱起来，我紧紧地搂着他的身体，可他的脑袋竟然往后倒，几乎对折了……我当时实在是太害怕了，所以松开了手，他就掉回了婴儿车里，后脑勺撞在垫布上弹了起来，我这辈子都忘不了那个画面，他的脖子像脱节的链条一样在半空中摇晃……落下去之后，他的脑袋卷到了胸前，整个人蜷缩成一团……我完全忘记了，他的脖子那么脆弱，那么纤细，像提着木偶的细线一样连在身上，万一、万一那时他的脖子断了，你能想象接下来会发生什么吗？从那时起，只要靠近你们，我就会扶住你们的脖子。"

当这群小姑娘在家时，家里总是充满了欢笑和嬉闹，屋里不时飘来橙味华夫饼的味道，传来一阵阵葡语的惊叫。父母打心眼里期待着一家人团聚的假期。为此，弟弟制作了用来"决斗"的宝剑，绘制了狮心王理查的小卡片，还组织了一场纹章设计比赛。就连受不了吵闹的哥哥都放开了些。他始终跟在孩子们身后，检查自行车的刹车是否灵敏，院子里的秋千是否结实，河岸边的路是否湿滑。他尤其照顾妹妹的二女儿。那是一个像他一样沉默的姑娘，喜欢和他玩些安安静静的逻辑游戏，或是缠着他猜谜。他总是选些简单的词，耐心地给她讲解，时常俯身帮她整理鞋子。

这天，弟弟看见他们坐在院子里，躲在我们的阴影处，低头研究游戏书中的数独。哥哥微微皱着眉，一边轻声说着，一边用铅笔在纸上填涂。长发披肩的小姑娘脸颊靠在舅舅的前臂上，全神贯注地盯着那些填着数字的小方格。他们是如此地专注，弟弟甚至害怕自己的呼吸会惊扰他们的思路。在炎炎夏日的午后，院子里没有风，只有围墙外传来的潺潺水声。这时，他才发现姐姐正站在院子的另一头。她悄无声息地站在院门口，盯着她的哥哥和她的女儿，而这舅甥俩竟然对两边的视线毫无察觉。弟弟想，她无时无刻不在"关注"哥哥，就像一位逡巡战场的将军。突然，姐姐的眼神与他撞上了。他没有挪开视线，也没有朝她走去，而是向她竖起了大拇指。她做到了。

每当夏季来临时，大家就将那两块厚厚的垫子搬进院子里。几个小丫头在上面滚成一团，又蹦又跳，最年幼的老三甚至在那儿睡上了午觉。那时，我们不止一次看见哥哥和妹妹的脸色突然变了，我们当然知道是因为什么。他们一定是看见了一道稍纵即逝的浮影，那是另一具看似沉睡的身躯，两膝远远地叉开，双脚高高地弓起，厚厚的头发被风轻轻地吹拂。然而此时此刻，垫子上躺着的是一个正常的孩子，她两岁了，揉着眼睛醒过来，奶声奶气地讨吃的。

当这热闹的一家子回归里斯本，哥哥也回到城市之后，弟弟便找回了安逸的小窝，继续享受温馨的三人晚餐。他喜欢与父母一起消磨时光，喜欢享受生活中微不足道的幸福。他期待着每一个静谧的夜晚，可以研究历史的印记，可以学习纹章的密语。他再一次与那个孩子建立了联系，就好像那个孩子暂时离开了他的身体。他再一次对那个孩子说起了自己与大自然的秘密交流，说起了山里幽深的褶皱，说起了滚进泥沼边的野猪，还说起了躲在石头下的球马陆。他再一次找回了专属的领土，那就是他逝去的小哥哥。他们四个从来没有分开过，爸爸，妈妈，他，还有小哥哥，谁能反驳？

复活节假期的一个夜里，一场暴风雨袭击了山区。在一片灰沉沉的天空中，不停地传来轰隆隆的雷声与明晃晃的闪电。这雨是如此地猛烈，河面一下就涨起来了。河水混进了泥土，搅成了巧克力般浑浊的颜色，一股脑儿涌向了岸上。洪水将岸边的树刮掉了一层皮，留下了半截光秃秃的树干。它们卷走了断裂的树枝和地上的石头，一路淹到了外婆那栋房子的露台。我们顽强地抵抗着，可我们当中某个倒霉的家伙没准会从墙上松脱，滚到石板地上，之后被风吹得摇摇晃晃。风是我们的天敌，它可比水、火强势多了。无论是滔滔洪水，还是熊熊烈火，我们都不畏惧，唯独风能使我们化为灰烬。

消防车的灯光透过一团雨雾照了进来。在一个更偏远的村子里，一根巨大的电线杆被风吹倒，砸在了屋顶上。可祸不单行的是，一辆被洪水卷走的车刚好挡住了进村的路。雨下得实在太大了，平日里舒缓的瀑布在此刻急促得像一枚锋利的刀片，从山上奔泻到路面。消防员被这突如其来的雨势吓了一跳，差点开车撞上了桥。

每一个山民都熟悉老天爷的暴脾气。下午的时候，爸爸已经把车停到了高处，把所有工具都搬到了楼上，把伐木棚牢牢地拴了起来，把花园里的家具统统收进了屋里，把地下室的气窗全都打开了——因为他们比谁都清楚，人不可能困得住洪水，所以必须要让水流通。爸爸、妈妈、哥哥和他一动不动地站在窗前，观察着河水的涨势，防备着决堤的危险。他们一直盯着河面，不敢眨一下眼。过了一会儿，他上了楼，躲进了孩子的房间。他看着窗外的树在狂风中扭作一团，看着冷杉的枝干自下往上抖动，像是有一群鸟儿穿梭其中。他不理会漫天的嘈杂，全心全意地为他心爱的动物祈祷。他在脑海中细数树上的鸟窝、河床里的蟾蜍洞、山上的狐狸穴和野猪窠，还有壁虎藏身的墙缝。可现在，哪还能剩下什么呢？洪流摧毁了一切，破坏了同伴们的容身之处。即便是卷成一团的球马陆，也肯定被狂暴的风雨席卷一空了。

突然，院子里传来了重重的敲门声，将沉思中的他吓了一大跳。

门外站着的是一个牧羊人。他戴着一顶宽边皮帽，穿着一件长长的雨衣，浑身湿淋淋地滴着水。他紧紧握住爸爸的手，在震耳欲聋的雷鸣声中，大声地说他正在找一只逃跑的羊，已经好几天了，现在下着这样的雨，它肯定是躲进了磨坊里。他说羊还病着，问爸爸能否帮忙把它抬上小卡车。没问题，爸爸干脆地回答，等我叫上家里的小伙子。

哥哥和弟弟套上了雨靴，压低了雨帽。此时此刻，外面只听得见漫天的汩汩水声与不时的轰隆巨响。他们低着头往外走。暴雨就像一个乱发脾气的孩子，朝着他们的肩膀拳打脚踢，而后滚落下去，粘上了他们的脚踝。他们加紧步伐过了桥，桥底下翻腾着滚滚的浊流。他们左拐上了梯墙，一路俯身走到了磨坊边，而后再度俯下身，穿过了低矮的门。

弟弟似乎钻进了一个神秘的洞穴，里面非常安静，没有光亮，只有冰冷的空气。他隐约听见了地上的涓涓细流和叮叮咚咚的雨滴声。在一片昏暗之中，他嗅到了一个微弱的生命，那是一只躺在地上的母羊。他看见了异常滚圆的肚子、细瘦的四肢与发亮的蹄子。羊喘息着，身体起起伏伏。他忍不住蹲下身，摸了摸它柔软的米色肚子，又摸了摸丝绒般柔嫩的耳朵，在那里摸到了一块小小的塑料牌子。羊闭着眼，弟弟用手指温柔地抚过略微僵硬的眼皮、饱满的眼窝与长长的睫毛。他想，这只羊的睫毛会不会是黑色的？它的下唇轻轻地颤抖着。伴随着雨滴的节奏，羊的口中逸出了短促的气息。可弟弟似乎只能听见一种声音，那是一阵小步的疾跑。或许，这就是生命流逝的痕迹。他的眼前仿佛呈现出了一片无边无际的绿幕，那闪闪发光的模样像是被无数只手拼命地摇晃着。这时，爸爸的声音打断了他的幻想。爸爸对他说："帮我把它抬出去。"

他们抓紧羊的蹄子，一起数到三，然后一鼓作气地抬了起来。母羊很有分量。牧羊人已经提前打开了小卡车的后车厢。哥哥站在边上，似乎等了许久。在倾盆大雨中，弟弟只能看见他模糊的侧影，却看不见他的表情，因为他的脸被风帽挡住了。

当他们俯身从磨坊里走出来时，母羊的脑袋突然从爸爸的手臂上滑开了，挂在半空中摇晃，脖颈处的皮子绷得紧紧的。一瞬间，一切变得很沉重，似乎把周围的空气都给赶跑了。他们鼓起了一股劲儿，将羊轻轻地扔进了车厢里。当羊稳稳地落下时，小卡车也忍不住晃了晃。

"应该是胀气。"爸爸双手撑在膝盖上，气喘吁吁地对牧羊人说。后者点了点头。

"到底是苜蓿还是紫三叶草惹的祸？"他自言自语般地问，"总之，是胀气害的。"

原本，弟弟应该对从没听说过的"胀气"充满好奇，可他什么都听不见了。他看着车厢里高大的哥哥压低了风帽，双膝着地，俯身靠近那只母羊。它喘得越来越急促，嘴角流出了一些白沫。哥哥躺到了它身边，额头紧紧贴着它毛茸茸的脸，一只手抚摸着它鼓胀的腹部。在一片漆黑的夜色中，圆圆的羊肚子就像一个闪烁的灰白光点。哥哥对着它的耳朵轻轻地呢喃，弟弟一个字都听不见，可他仍然注视着他们。他看到哥哥深色的头发与浅色的羊毛缠在了一起。这雨似乎越下越大，像是要将他们隔绝在另一个世界里。弟弟想，我的哥哥始终爱护弱者，现在他正体会着与生俱来的角色。

爸爸有些不知所措，只好跟牧羊人继续聊着。这时，哥哥站起身，低头凝视躺着的羊，然后干脆跳下了车，关上了车门。"记得跟我们联系呀。"爸爸珍重地与牧羊人道了别。后者抬了抬帽檐，发动了小卡车。车灯的光亮在一片模糊的视野里渐渐淡去，最终消失不见了。他们听到了妈妈的呼唤，于是他们开始往回走。在进入院子时，风似乎放缓了，雨也没有那么密了，我们看见弟弟的手偷偷地钻进哥哥的手心里，哥哥接受了。

晚饭时，他鼓足了勇气，按捺着如雷般的心跳，将头轻轻地靠在哥哥的肩上。这一次，哥哥依然没有抗拒。于是，妈妈用手机给他们拍了张照片，传给了姐姐。她靠近爸爸，在他耳边悄悄地说："一个受伤的男孩，一个叛逆的女孩，一个不适应的孩子，还有一个小巫师。真是个奇妙的家庭。"

他们相视而笑了。

图书在版编目（CIP）数据

漫长的决定 /（法）克拉拉·杜旁-莫诺著；刘成富，
石琳译 . —南京：译林出版社，2024.1
ISBN 978-7-5447-9836-5

Ⅰ.①漫… Ⅱ.①克… ②刘… ③石… Ⅲ.①长篇小
说 - 法国 - 现代 Ⅳ.①I565.45

中国国家版本馆 CIP 数据核字（2023）第 115135 号

S'adapter by Clara DUPONT-MONOD
© Editions Stock, 2021
Simplified Chinese edition arranged through Dakai-L'Agence
Simplified Chinese edition copyright © 2024 by Yilin Press, Ltd
All rights reserved.

著作权合同登记号　图字：10-2022-263 号

漫长的决定　[法国] 克拉拉·杜旁-莫诺 / 著　刘成富　石　琳 / 译

责任编辑　宗育忍
装帧设计　尚燕平
封面插画　袁小真
校　　对　孙玉兰　梅　娟
责任印制　闻媛媛

原文出版　Stock，2021
出版发行　译林出版社
地　　址　南京市湖南路 1 号 A 楼
邮　　箱　yilin@yilin.com
网　　址　www.yilin.com
市场热线　025-86633278
排　　版　南京展望文化发展有限公司
印　　刷　江苏苏中印刷有限公司
开　　本　890 毫米 ×1240 毫米　1/32
印　　张　6.75
插　　页　2
版　　次　2024 年 1 月第 1 版
印　　次　2024 年 1 月第 1 次印刷
书　　号　ISBN 978-7-5447-9836-5
定　　价　48.00 元